光文社文庫

文庫書下ろし

Ｊミステリー2024
SPRING

光文社文庫編集部 編

KOBUNSHA

目次

CONTENTS

心のお話……誉田哲也　7
千鳥の契り……五十嵐律人　67
インクリボン……真梨幸子　121

J MYSTERY

空白の女……青柳碧人 157
THE KIDNAPPING……五十嵐貴久 227
わたしの最後のホラーミステリ……澤村伊智 269

J MYSTERY

心のお話

*

誉田哲也

誉田哲也

（ほんだ・てつや）

1969年東京都生まれ。学習院大学卒。2002年、『妖の華』で第2回ムー伝奇ノベル大賞優秀賞を受賞。'03年、『アクセス』で第4回ホラーサスペンス大賞特別賞を受賞。'06年刊行の『ストロベリーナイト』に始まる〈姫川玲子〉シリーズは、現在の警察小説ムーブメントを代表する作品のひとつとして多くの読者を獲得し、映像化も話題となった。本作は、〈姫川玲子〉シリーズ第10作・最新長編『マリスアングル』に続く、シリーズ最新話となる。

久松《ひさまつ》警察署に設置された「日本橋人形町《にほんばしにんぎょうちょう》二丁目男性殺人事件」特別捜査本部。姫川玲子《ひめかわれいこ》が所属する、警視庁刑事部捜査第一課殺人犯捜査第十一係がこれに参加し、犯人を逮捕したのが四月二十日の月曜日。第二勾留《こうりゅう》期限まできっちり取調べ、その後に追加で証拠集めなどもし、諸々の書類作成が終わったのが、五月十六日の土曜日。

玲子がもらえた休みは、翌十七日からの三日間。他の係員は、月が替わった辺りからちょくちょく交替で休んでいたので、長い人は五日くらい休めたのではないだろうか。

玲子だって、捜査が長引けば「いい加減休みたい」くらいの愚痴はこぼす。統括主任の日下《くさか》も「そろそろ休め」と言ってはくれるものの、実際はなかなか、そうもいかない。

朝、そろそろ起きなきゃ、と思い、いや今日は休みだ、もうちょっと寝てていいんだ、と気づいても、いったん目が覚めてしまうと、どうも布団の中でもやりかけの仕事について考えてしまう。考えるというか、モヤモヤと湧き上がってくるものがある。

写真撮影報告書の、添付写真の注釈。あれってなんか、文章が変じゃなかったか。五月に入ってからの取調べで、マル被（被疑者）は確か、現場で転倒して怪我をしたと言っていたが、右肘というのは違うのではないか。左肘じゃないと、辻褄《つじつま》は合わないんじゃないのか。

そうなるともう、いつまでも寝てなどいられない。結局、いつもよりちょっと出勤時間が遅いというだけで、登庁したら夜まで目一杯仕事をしてしまう。特捜も、終わりの方は規模が縮小されて人数も少なく、全体会議などもしなくなっているので、環境としてはかえって書類仕事はしやすい。

とどのつまり、自分は特捜が完全終了しない限り、休みたくても休めない体質なのだ、と正直に言ったところ、東京地方検察庁の武見涼太《たけみりようた》に笑われた。

「そういった意味じゃ、姫川さんって丈夫だよね。そんなに細いのに」

これも体質なのか、特に運動らしいことは何もしていないのに、体形はここ十年くらいほとんど変わっていない。

「一応、参考までに申し上げておきますと、年に一度か二度は風邪くらいひきます。ナントカは風邪ひかない、みたいな結論だけは避けたいので。念のため、お断わりしておきます」

すると、また武見が笑う。さも嬉しそうに。

「俺がさ、姫川さんのこと、馬鹿だなんて思うわけないじゃない」

「私、馬鹿だなんてひと言も言ってないですけど」

「可愛い。姫川さんのそういう意地っ張りなところ、すごく可愛い」

なんだろう。男女の関係になってもなお、この武見という男には負けたくないという感覚が、玲子の中にはある。何で負けたくないのかは分からない。口喧嘩かもしれないし、もしかしたら、言葉選びのセンスなのかもしれない。

あるいは「可愛い」と言われてすぐニヤけるような女にだけはなりたくない、という「意地」なのか。これは。

「……私って、意地っ張りですか」

「あれ、自覚ないんだ」

「ないですよ。意地張ってるつもりなんて、全然ないですから」

「ま、そういうもんかもね……ダイヤモンドは、自分が輝いてるなんて思わないのかもね」

「事実、ダイヤモンド自体が発光してるわけじゃありませんからね。ダイヤモンドは、ただ当てられた光を反射してるだけですから」

武見はパチンと指を鳴らし、そのまま玲子を指した。

「そういうとこよ。話を逸らしたかのように見せかけて、実は、自分がダイヤモンドに喩《たと》えられたことについては、ひと言も否定していないという……実に、巧みな話術だ」

そのままお返しします。

「そういうとこ、武見さん、凄い面倒臭いです」

「でも、嫌いじゃないいんだろう？」

まあね。

実質休みと変わらないC在庁、自宅待機のB在庁を経て、玲子たちが警視庁本部六階の大部屋に戻ったのは、五月二十七日水曜日のことだった。

コンプライアンスが重視される昨今。「在庁祝い」もノンアルコールで一時間程度と、急速にコンパクト化が進んでいる。

「では本日から、また、よろしくお願いいたします」

捜査一課殺人班（殺人犯捜査）十一係、山内《やまうち》係長の締めで、そのままA在庁の待機状態に入る。

あとは——あまり良い言い方でないのは百も承知だが、要は、新たに事件が起こるのを待つ日々になる。殺人事件の捜査をするのが玲子たちの仕事なのだから、これはもう、どんなに綺麗な言葉に置き換えてみても、意味するところは変わらない。

殺人班の刑事は、誰かが殺されるのを待っている。

ええ、その通りです。その通りですとも。

そんな玲子の日常にも、このところ、少しだけ明るくというか、ポジティブになれる変化があった。

魚住久江《うおずみひさえ》。先の、人形町事件の捜査から殺人班十一係所属になった巡査部長だが、彼女が玲子にもたらしたものは決して小さくない。

キャスター椅子のまま、菊田和男《きくたかずお》主任の後ろを回って、玲子の席に寄ってくる。

「姫川主任、このお店知ってます？」

言いながら、携帯電話のディスプレイを向けてくる。

「どこですか……いえ、知らないです」

「ウチと、主任のお家《うち》の真ん中辺りなんですけど」

玲子の住まいは東京都豊島《としま》区要町《かなめちょう》、魚住は同じ豊島区の長崎《ながさき》。普段使う駅は、玲子が有楽町《らくちょう》線の要町駅、魚住が西武池袋線の東長崎《ひがしながさき》駅と別々だが、実は徒歩なら十数分という近距離にあり、かなり生活圏が重なっていることが分かっている。

「なんのお店ですか」

「焼き鳥中心の居酒屋さんですけど、実は、コロッケが美味しいんです」

「焼き鳥のお店の、コロッケ……それは、なんとも魅惑的ですね」

そんなご近所トークに花を咲かせることもあれば、突如として鋭い指摘を受けることもある。捜査関係ではなく、人事に提出する書類を書いていたら、いつのまにやら魚住が、ニヤニヤしながら玲子を見ていた。

「……え、なんですか」

「いや、姫川主任の字って、二種類あるな、と思って」

全然、意味が分からない。

「ん？　私の書く字が、ですか」

「ええ。特にお名前が」

「この『姫川玲子』の？」

「やっぱり、無意識なんですね」

この十歳年上の部下は、とても頼り甲斐があり、実際助けられてもいる半面、ちょっと懐が深過ぎて、玲子には読みきれない部分がある。

今さら、この書類を隠しても遅いし。

「怖い怖い。なんですか、それ……筆跡鑑定みたいなことですか。それとも占いとか、性格判断みたいなやつですか」

「そんなに深刻な話、ではないです。ただ、姫川主任って……例えばこういうところ。傍線だけで、フリーに書けるところと、四角いマス目になってるところでは、字が違うんですよ。誰しも多少はあると思うんですけど、主任、けっこう極端に違うなって」

「どう、違うんですか」

「こういう、下線だけのフリースペースだと、わりと自由に、思いっきり書くのに、マスになると、なんか丸っこい、子供みたいな字になるなって。それが、可愛いなって」

一つ年下の部下、小幡《おばた》巡査部長はこういうの、絶対に聞き逃さない。三つ向こうの席にいても、必ず喰いついてくる。

「なんすか、なんすか。姫川主任の、子供みたいな丸っこい字って」

「……って小幡、全部聞こえてんじゃない。それが全てだよ。それで終わり。はい、戻った戻った」

「どれっすか。どれが子供みたいで可愛いんすか」

うるさいな。いま子供みたいな字は書いてないんだよ。

ようやく、などとは微塵も思わないが、事件が発生したのはA在庁三日目、二十九日の昼過ぎになってからだった。

山内係長から受け取ったペーパーを、日下統括が読み上げる。

「……本日、十三時頃、中野《なかの》区中野五丁目、△△の※、複合商業施設『センターストリート中野』の女性用更衣室で、二十代と見られる女性の刺殺体が発見された。これの特別捜査本部を中野警察署に設置する。初回会議は十六時半開始。よろしくお願いします」

「よろしくお願いします」

腕時計を見ると、午後三時二十分。中野までは、たぶん三十分か四十分。そんなに余裕はない。

警視庁本部庁舎の最寄駅は徒歩一分の桜田門《さくらだもん》。ただ、徒歩二分のところに霞ケ関《かすみがせき》駅もある。桜田門駅は有楽町線、霞ケ関駅は丸ノ内《まるのうち》線。

ということは。

「……中野署って、確か」

「一番近いのは中野坂上《なかのさかうえ》駅ですね」

こういうことに、サクッといち早く答えてくれるのも魚住だ。

「じゃあ、丸ノ内線だ」

「ですね。行きましょう」

山内係長以下十三名で、霞ケ関駅に向かう。

電車内は周囲の耳もあるので、捜査に関する話はしない。かといって、ご近所グルメの話をする空気でもない。

両手で吊革を摑む魚住。その左手首にある腕時計が、いい。ブランドは分からないが、明るいグレー系の革ベルトが、シックで清潔感もあって、ちょっと素敵。

そういうの、どういうところで買うのだろう。

「魚住さんって、中野界隈、詳しいですか？」

電車が揺れ、魚住の手にギュッと力がこもる。

「……仕事で、支店（所轄署）に行ったことはありますけど、あの辺に詳しい、ってほどではないですね。主任は？」

「私もそんな感じです。あれでしょ、サブカルで有名なんでしょ？　中野って」

魚住が、ニヤッとしそうになったのを、あえて抑え込んだのが分かる。

「……え、なんですか」

「いや、主任の口から『サブカル』って言葉が出てくるとは、思わなかったので」

まあ、当たってるけど。

「です、よね……私も多分、生まれてから今まで、三回も言ったことないと思います」

「主任、アニメとか見ないでしょ？」

「強《し》いて言うならば、『ジブリ』を少々」

「つまり、ほとんど興味はないと」

「ない、ですかね……魚住さんは見るんですか？」

「私は一時期、『ガンダム』は見てましたけど、そのうち海外ドラマを見るようになっちゃって。そっちに行っちゃいました」

なるほど。

「海外ドラマというと、韓国のとか？」

「いや、アメリカ、ですかね。ケーブルテレビでやってるような」

「ああ、ＦＢＩとかＣＳＩとか」

「んー、警察系ミステリー、ではなくて」

「韓国でも警察ミステリーでもない……他に、何かありましたっけ」

「まあ、ぶっちゃけゾンビ系なんですけど」

すっごい意外。

中野署の講堂入り口に、捜査本部名はまだ貼り出されていなかった。

いわゆる「戒名」と呼ばれるもので、普通は署の幹部が考え、毛筆が得意な署員が大判の半紙に書き、特捜の入り口に貼り出すのだが、たぶん、そのどちらかが間に合わなかったのだろう。

そんなことは絶対にあり得ないが、もし玲子がこれを命じられたら、捜査そのものよりよほどプレッシャーになると思う。

当たり前だが、字を間違えたりしたら絶対にいけないし、用意された紙に上手いこと、全ての文字が収まっていなければならない。最後の「特別捜査本部」だけ急に小さくなったりしたら、もう最悪。それで未解決事件にでもなろうものなら、「お前の戒名が下手糞だったからだ」と言われるのは目に見えている。そんなプレッシャーに耐えながら、職場で「お習字」をするなんて。想像しただけでゾッとする。

初回の捜査会議は予定通り、十六時三十分から始まった。

号令は日下統括。

「起立、敬礼……休め」

上座には捜査一課長、同管理官、山内係長、中野署長、同副署長、同刑組課《けいそ》（刑事組織犯罪対策課）長が座っている。対する捜査員側は、まだ三十名弱。特捜設置決定からまだ間もないので、隣接署からの応援要員なんかは間に合わなかったのだろう。

だがこの規模でも、山内係長はマイクを使う。

《まずこちらから、本件について、現時点で判明している事項を確認していく……》

事件は今から三時間半ほど前、「センターストリート中野」という複合商業ビル内の、女性用更衣室で発生したと見られている。

同ビルは、一階がハンバーガーショップ、二階が焼き肉店、三階はカラオケ店、四階は歯科医院、五階はヘアサロン、六階はメイドカフェ、最上階の七階は英会話教室になっている。

事件現場となった女性用更衣室は四階にあり、同階には男性用更衣室と休憩室もある。これらは各テナントが共同使用する施設らしいが、事件発生は十三時前後、飲食店はまだランチタイムの書き入れ時。更衣室への出入りはむしろ少なかったと考えられる。

山内が続ける。

《被害女性は、ヤモトヒカル。弓矢の「ヤ」、読む本の「モト」、日光の「コウ」に瑠璃色の「ル」で、矢本光瑠《やもとひかる》、二十二歳。二階に入っている焼き肉店「炭火焼肉もくもく亭」の店員で、本日は十三時から勤務する予定だった。発見者は、六階のメイドカフェ店員のイシモリミユ、二十四歳。十三時十分頃、昼休憩で四階更衣室に下りてきたところ、室内で上半身を血塗《ちまみ》れにし、床に倒れているマル害（被害者）を発見。いったん退室し、廊下で、自身の携帯電話を用いて一一〇番通報した》

凶器は果物ナイフのような、比較的刃渡りの短い刃物。被害者は複数回刺されており、その出血具合から、犯人もある程度返り血を浴びたものと思われるが、今のところ同ビル内で、返り血を浴びたまま歩いていた人物の目撃情報などはない。

死因は出血性ショック。左右の前腕部、両掌には複数の防御創が見られる。それが左側に多いこと、また倒れてから腹部を刺されたと仮定した場合、その刺創口の角度から、犯人は右利きと推定できる。まだ鑑識作業は完了していないため、採取した指紋等に関する報告はなし。

山内が手元の資料から目を上げる。

《……事件現場が更衣室であるため、内部には複数の人物の私物が残置している。個々のロッカーは施錠できるようになっているため、利用者によっては自宅の鍵や財布、携帯電話等を保管している可能性もある。鑑識作業が終了し次第、同室利用者には簡易的な聴取を行い、捜査員立会いのもと、私物の持ち出しに対応する予定にしている。今から呼ぶ捜査員は、まずこれの対応に当たってもらいたい……本部、捜査一課、姫川玲子主任》

「はい」

何しろ、女性用更衣室ですからね。

事件現場となった、センターストリート中野。

ビルの外観はわりと新しめだし、各フロアにエレベーターで出入りする場合、受ける印象はその行く店によって異なるだろうが、主に従業員が使う内階段であるとか、四階の更衣室前の廊下などを見ると、実はけっこう古い建物であることが分かる。具体的にいつ頃建てられたのかは確認していないが、なんというか、内装のセンスが物凄く昭和っぽい。

玲子と魚住、あと中野署の女性捜査員二名が四階にたどり着いた段階で、もう七名の関係者が私物の取り出しを待っていた。むろん、七名全員が女性。階段室に入ったところで、それぞれ腕を組んだり壁に寄りかかったり、微妙に不満そうな雰囲気を醸し出している。

ここは、玲子が言うべきだろう。

「みなさま、ご迷惑をおかけしております。警視庁の姫川と申します。これから、みなさまにはお名前を伺ったうえで、捜査員立会いのもと、ロッカーからお荷物を出していただきます。その際、申し訳ありませんが、写真撮影もいたしますのでご了承ください。写真データは、捜査が終了し次第破棄いたしますので、ご安心ください。では、いま身分証をお持ちの方は、お手元にご用意ください。ロッカー内にある方は、取り出し後に確認させてください。それでは、先頭の方……はい、お待たせいたしました。お名前からお伺いします」

黒髪を、パール付きのヘアゴムでまとめた、二十歳前後の女性。

「……アンドウ、マミコです」

着衣で分かるが、一応訊《き》いておく。

「お店はどちらですか」

「ハッピーエコー、中野店です」

三階のカラオケ店だ。

「本日、身分証はお持ちでしょうか」

「はい。ロッカーに、学生証が」

「ありがとうございます……じゃ、魚住さん」

「はい。では、こちらにどうぞ」

魚住が、アンドウマミコを更衣室まで連れていく。女性用更衣室の向こう隣、男性用更衣室の前にはまだ、活動服を着た鑑識係員が何人か溜まっている。機材を運び出すのに、エレベーターを待っているのだろうか。それとも、階段が空くのを待っているのか。

「では、次の方……お名前からお伺いいたします」

しかし、あれは――。

マル害、矢本光瑠が勤めていた焼き肉店「炭火焼肉もくもく亭」は事件発覚後、臨時休業。

事情聴取を終えた従業員から順次帰宅させている。

その他の店舗はというと、一階のハンバーガーショップは、更衣室の利用者が一名しかいなかったことと、路面店であるためエレベーターを使用しないことから、十八時に営業を再開。二十三時の閉店まで平常通り営業する予定だという。

それ以外の店舗は全て臨時休業。ただし特捜は、女性用更衣室以外の施設は明日から使用可能、営業も平常通りで問題なしと判断し、その旨を各店の責任者に通達した。

そんなことよりも、だ。

女性用更衣室に出入りするときに通る、四階の廊下。その突き当たりの天井には一見、火災報知機によく似た、白くて平たい丸形の機械が設置されているのだが、違う。

あれは火災報知機ではない。防犯カメラだ。

玲子は、女性従業員全員の私物持ち出しが完了したところで、特捜に連絡を入れてみた。

『……はい、中野署、特捜の日下です』

出たのがこの人で、良かったのか悪かったのか。

「お疲れさまです、姫川です。ちょっと、現場四階の防カメについてなんですが」

『突き当たりの天井にある、火災報知器みたいなやつか』

なんだ、知ってたのか。

「……はい、それです」

『それなら署の鑑識から報告を受けている。ただ、映像はビルオーナーが管理しているらしく、そのオーナーは今、大阪からこっちに向かってる最中なので、現状、映像の確認はできていない』

なるほど。

「じゃあ、早ければ今夜中にも確認はできるんですね」

『こちらはそのつもりでいる』

「了解です」

それならそれでよし、と。

地取り（事件現場周辺の聞き込み）担当の捜査員八名を残し、玲子たちはいったん中野署に引き揚げてきた。

特捜の設置された講堂まで来てみると、さすがにもう「戒名」が貼り出されている。

「中野五丁目センターストリート中野内　女性店員殺人事件特別捜査本部」

この戒名は、ちょっと「ない」のではないか。

まず、無駄に長い。あと、商業ビル名を戒名に入れるのってどうなの、と思う。これがメディアで大々的に取り上げられたら、イメージダウンになる可能性だって出てくる。そこは「焼き肉店」でも「飲食店」でもよかったのではないか。玲子なら「中野五丁目飲食店女性店員殺人事件」にする。これなら風評被害はないに等しい。百歩譲って「中野五丁目商業ビル内女性殺人事件」でもいい。いずれにせよ、お習字はご免被《こうむ》るが。

講堂の後ろの方。事務机を何台も寄せて作った「情報デスク」にいた菊田が、玲子を見つけて手を振ってくれた。

「姫川主任、ちょうどよかった」

さっき座った席にバッグを置き、デスクに向かう。

「……お疲れ。なに、ちょうどって」

「映像が届いたんで、これから見るんです」

「あ、ほんと。そりゃよかった。間に合って」

周りには山内係長、日下統括、担当主任も四人全員が揃っている。玲子と菊田、工藤《くどう》、舘《たて》脇《わき》。巡査部長は一緒に帰ってきた魚住と、デスク担当の井桁《いげた》。あとは、それぞれの相方が何人か。

日下が井桁に訊く。

「データのチェックは終わってる……よな」

「はい、さきほど。問題ありませんでした」

外部から警視庁に持ち込まれたメモリーカード類は、まずウイルス等のチェック用パソコンに繋ぎ、問題ないかどうか確認してからでないと、その他の端末には繋げないことになっている。これを怠り、持ち帰ったUSBメモリーをいきなりそこらのPCに繋いだりすると、盛大にアラームが鳴り出して大変なことになる。日下はこういうことに人一倍うるさいので、本当にしつこいくらい、何度も何度も確認する。

「……じゃ、再生して」

「はい」

井桁が当該フォルダーを展開すると、そこに収められている、物凄い数の映像ファイルのアイコンが表示される。ただ、そのタイトルは年月日を示しているようなので、どれを見るべきかの判断は容易だ。

「これ、ですかね」

最後から二番目。今日、五月二十九日の、昼十二時からのファイルを開く。この防犯カメラは六時間ごとにファイルを新規作成するらしく、同じ日付でも末尾に【00】【06】【12】【18】と付き、タイトルが分かれている。

とはいえ、事件が起こったのは十三時頃。一時間もタラタラと廊下の映像を見ているほど、玲子たちも暇ではない。

日下が画面の下の方を指差す。

「ここまで飛ばせ」

「はい」

まさに言われた通り、井桁が再生時刻を示すスライダーをその位置まで移動させる。

すると、どうだろう。

移動先の時刻表示は【12：46】。

まさに、事件が起こるちょっと前——。

魚住が、さも驚いたふうに日下を見る。

「統括、さすがですね」

「単なる偶然です」

おそらくそうなのだろうが、実際、玲子たちが見始めて、ほんの三秒か四秒で、廊下の向こうに若い女性が一人現われ、こちらに向かって歩いてくる。

ひと言で印象を言うならば「ギャル」だ。

黒いパーカに、胸の谷間も露わなオフホワイトのチューブトップ、淡いブルーのタイトなデニム、ヒールが十センチくらいありそうな白いサンダル。報告されているマル害、矢本光瑠そのものの服装だ。

そんな彼女が、男性用更衣室の前で誰かとすれ違い、女性用更衣室へと入っていく。すれ違ったのは、髪が肩まであるので一瞬女性かと思ったが、違った。肩幅や腰周りの逞《たくま》しさからすると男性だ。実際、廊下の先を左に曲がったところで横顔が見えた。顎《あご》にヒゲが生えていた。

それはそれとして、だ。

生前のマル害は今、女性用更衣室に入っていった。あとは、この直後に誰が同室から出てくるのか、だ。いや、その誰かはこれからやって来るのかもしれない。これからやって来て、マル害を殺害し、出ていくのかもしれない。

果たして、その通りだった。

次に現われた人物は、黒いスタンドカラーのシャツに、黒いスラックスという出で立ち。左胸に白いワッペンのようなものが見える。明らかに「炭火焼肉もくもく亭」の制服だ。体型から女性であることは間違いない。髪も、暗めの茶色でロング。

玲子が「誰これ」と訊くより前に、舘脇主任が手持ちのノートを捲《めく》り始めていた。「もくもく亭」スタッフへの事情聴取を担当したのは、この舘脇だ。

「えっと……あ、これか……今の、カタヤマエレンって娘ですね。片方の山に、絵画の『エ』に恋愛の『レン』で、片山絵恋《かたやまえれん》……なかなかの、キラキラネームですが」

確かに「光瑠」だの「絵恋」だの、今の若い娘に「●子」みたいな名前は非常に少ない。そのことは昨今、玲子自身もひしひしと感じている。

いや、それも今はどうでもいい。

その片山絵恋と思しき女性は、迷うことなく女性用更衣室へと入っていく。今、室内にいるのは矢本光瑠と片山絵恋。その前から、別の誰かがいた可能性もないではないが、それは

　またあとで確かめればいい。

　今は、この直後に誰が出てくるのか、だ。

　そして大方の予想通り。次にドアを開けて出てきたのは、片山絵恋と思しき彼女だった。

　舘脇はショックを隠しきれない。

「あの娘が……いや、言い訳するつもりはないんですが、全然、全くそんな様子は、なかったんですよね……」

　聴取の時点で「この娘、怪しい」と見抜けていれば、舘脇のお手柄。でも、いいではないか。これから自宅まで行けば、普通に逮捕できるのだろうから——と玲子も、他人のケアレス・ミスはいくらでも大目に見ることができる。

　同時に、致し方ないと思う面もある。

　焼き肉店の黒い制服。あれなら、返り血を浴びたところで全然目立たないし、血の臭《にお》いだって、店に戻れば煙やニンニク、タレや香辛料のそれに紛れて、ほとんど分からなくなってしまうだろう。

　ただ、凶器は気になる。まさか、マル被は調理場から持ち出した小型の包丁でマル害を刺し、それをまた、調理場の包丁スタンドに戻したりしてはいまいか。そうとは知らず、調理スタッフはその後、客に提供するレモンなんかを、その凶器となった包丁で切り続けた、なんてことは——。

日下が舘脇を見る。

「これ、ＳＳＢＣ（捜査支援分析センター）に回すまでもないか」

ＳＳＢＣは、画像や映像の解析を一手に引き受ける刑事部の附置機関。この手の証拠映像は、普通はＳＳＢＣに分析を委ねる。

舘脇が頷く。

「私の印象、ということで言えば……はい。まず、これは片山絵恋で間違いないです。今の場面を関係者に見せて、この時刻の、片山絵恋の行動についても裏を取って……逮捕状請求という段取りで、まず問題ないかと」

「片山絵恋の自宅住所は」

「運転免許証は確認したので、控えてあります」

次に日下は、菊田と工藤を見た。

「じゃあ、菊田と工藤の組で、片山絵恋の行動確認。舘脇と姫川は店長に再度聴取し、映像の人物の特定をさせてくれ」

店長の聴取、ふた組も要ります？

二十九日の、二十二時半頃。

舘脇は「炭火焼肉もくもく亭・中野店」店長、大山仁志《おおやまひとし》の自宅を訪ね、防カメ映像から切り出した写真を見せ、件《くだん》の人物は片山絵恋で間違いないとの証言を得た。また、その時刻に片山絵恋が何をしていたかについては、業務内容としてはフロアでの接客だが、トイレに行くくらいはあったかもしれない、詳しいことは分からない、ということだった。

玲子はあえて大山店長への聴取には同行せず、特捜に残った。

舘脇からの報告を受けた日下は、片山絵恋の自宅を張り込んでいる菊田に連絡を入れ、明日通常逮捕できるよう、今夜中に令状を請求する旨を伝えた。

その逮捕状は、誰が裁判所まで取りに行くのかというと、まあ、玲子ということになるのだと思う。

それでもありがたいのは、逮捕状請求書は玲子が作らなくてもいい、という点だ。そういう、スピードと正確性が重視される書類作りは、日下がパチパチパチッと手早くやってくれる。

しかも日下は、書類作成をしながら、別の話題を玲子に振ってくる。

「片山絵恋……逮捕したら、調べ、お前やるか」

女性被疑者の取調べは女性捜査員がした方がいい、というのは確かにあるが。

「いえ、今回はいいです」

「じゃ、誰にやらせるんだ」

「魚住さんに、お願いした方がいいかなと」

「お前、この前もなんか、そんなこと言ってたな」

「いえ、今回はちょっと、あれとは違ってて」

「ほう。何が違う」

これでもずっと手は動いているし、ほとんどタイプミスもしないのだから、感心するしかない。

「っていうか、日下さんは気にならないんですか」

「何が」

「矢本光瑠が、女性用更衣室に入る前に、すれ違った人物です」

そう言うと、さすがにPCのディスプレイから、玲子の方に視線を移す。

「……すまん。言っている意味が分からん」

「肩まで髪がある男性ですよ」

「ああ。そういう場面は、確かにあったな」

「あれ、どこですれ違ったか、覚えてます？」

日下が、五センチくらい首を捻る。

「女性用更衣室の、ちょっと向こうだったか」

「その『ちょっと向こう』というのは、つまりどこですか」

日下は、こういうクイズみたいな会話を嫌う。

「知らん。どこだ」

「男性用更衣室の前です」

するとと「ん？」と眉をひそめる。

「……映像内の位置関係からすると、正面突き当たりに廊下の曲がり角があって」

「左に行ったら休憩室と、エレベーター乗り場があります。その向こうに歯科医院です」

「こっちに来ると、男性用更衣室があって、手前に女性用という並びか」

「はい。カメラアングルからは外れますが、女性用更衣室からこっちには、階段室があるだけです。妙だとは思いませんか」

日下が小さく頷く。

「その男が、本当に男性用更衣室の前でマル害とすれ違ったのだとすれば、つまり男性用更衣室から出てきたのではないとしたら、その男は、直前までどこにいたのか、という話だな」

「はい。むろんそれだけなら、階段を使って四階まで来て、休憩室に行った可能性もありますが、実際にはそうではありませんでした」

また日下が眉をひそめる。

「……なんだ。もう確認してあるのか」

「はい。その男性は、女性用更衣室から出てきていました。おそらく、あの廊下に防犯カメラが仕掛けてあるなんて、思いもしなかったんでしょう。ササッと左右を見て、スルッと女性用更衣室に入って、二、三分何かやって、またドアが開いて……外の様子を慎重に窺って から、スッと出てきて……で、カムフラージュのつもりなんだか、様子を見に行ったんだか分かりませんが、数秒階段室の方に姿を消して、でもすぐに戻ってきて、それで、男性用更衣室の前で、矢本光瑠とすれ違っているんです」

日下が、苦い唾でも湧いてきたような顔をする。

「それでお前……舘脇と一緒には行かなかったのか」

「はい」

「一人でその映像を確認するために」

「そういう言い方をされると、ちょっとイヤな奴みたいで心外ですけど」

「逮捕しても、片山絵恋の取調べは魚住にやらせて」

「違います。魚住さんにお願いした方がいいのでは、と申し上げただけです」

「空いたお前は、そのすれ違った男の捜査をしたいと」

「その通りです。よろしいでしょうか」

ダメとは言わないでしょう。

それだって立派な犯罪なんだから。

幸い、女性用更衣室は立入禁止にしたままだったので、本部の現場鑑識を入れて証拠集めをすることになんら問題はない。

「……ロッカーを開けて云々は、事実上不可能ですし、盗撮カメラの現物も、もう回収されてるんだとは思いますが、でも、それっぽいものを仕掛けた痕跡とか、指紋とかはあるかもしれないので。難しいかもしれませんけど、何卒、よろしくお願いいたします……たとえばあの、救急箱の周辺とか、ダクトの裏側とか。あの点検口は、さすがにないと思いますけど……あの箱は、なんですかね」

「ブレイカーですね」

「じゃあ、あの辺も念のため」

「はい、了解です」

玲子は中野署の女性巡査部長と、センターストリート中野の各フロアを見て回る。

「できるだけ、問題ありませんよねぇ、大丈夫ですねぇ、みたいな顔しててね」

「はい、りょ……了解です」

なに、そのガチガチな返事。

「硬いなぁ、吉岡《よしおか》さん。もっと柔らかく」

「すみません、柔らかく……はい、柔らかく、いたします」

駄目だ。もう、この娘には言わない方がいいかも。

さて、どこから行こうか。

あの映像の人物。髪が肩まであって、顎ヒゲを生やしている男。

身長は、矢本光瑠が意外と高くて百七十センチ。さらに十センチヒールのサンダルを履いていて、それとほとんど同じくらいだったのだから、男は靴まで入れて百八十センチ前後、と思っておけばいい。年齢は、二十代ということはないと思う。もうちょっと熟した感じ。かといって、四十代ってほど老けてもいない。だから、三十代のイメージ。

そんな男がハンバーガーショップで働いているというのは、ちょっと考えづらい。アルバイトだろうが社員マネージャーだろうが、あのヒゲはアウトだろう。よって一階は後回し。

二階の焼き肉店にこういう男がいないことは、舘脇に確認済みなので、二階もパス。というか「もくもく亭」は今日も臨時休業なので、そもそも行っても誰もいない。

というわけで、三階のカラオケ店から当たってみる。

「ごめんください……こんにちは、警視庁の者です」

ご迷惑をおかけして申し訳ありません、様子を見に来ただけなんですけど、営業、できてますよね？　みたいな雰囲気を醸し出しつつ、受付カウンターにいる女性スタッフに訊いてみる。

「こちらに、髪が肩くらいまであって、ちょろっと、顎にヒゲを生やしてるスタッフの方って、いらっしゃいます？」

彼女の「ん？」という顔に、嘘や迷いは全く見受けられなかった。

「ヒゲは一人、いますけど」

「……けど？」

「ハゲてます」

そっちか。

「その方以外では」

「髪が長い男性は、ウチにはいないです」

「そうですか。ありがとうございました。失礼いたします」

この調子で、四階の歯科医院にも行ってみた。

先生は七十歳くらいの、白髪のお爺ちゃん。

「ここには私と、歯科衛生士の女性が二人、いるだけですが」

「ありがとうございました」

次は五階のヘアサロン。

玲子は、個人的にはここが一番「それっぽい」と思っていたのだが、違った。

教えてくれたのは、マネージャーだという三十代の女性。

「それって、英会話教室のコナカイさんじゃないですかね。ウチにもよく、来てくださってますけど」

チクショウ、最上階だったか。七階から当たり始める、というアイデアも玲子の中にはあったたけに、ちょっと悔しい。

「ありがとうございました。失礼いたします」

店を出たところで吉岡に言う。

「階段で行こう。ちょっと、こっからは慎重にいこう」

「はい、慎重に……慎重に」

なぜ拳を握る。

「いやいや、力まなくていい。むしろリラックスして。リラックス」

「はい、リラックス……慎重に、リラックス」

ダメだこりゃ。

二階分階段を上がって、最上階。四階と同様の廊下を通って、英会話教室入り口に行こうと思ったのだが、なんと突き当たりは、そのまま左には曲がれないようになっている。非常用扉が設置してあり、いわばこの廊下全体がデッドスペースになっている。

「こういう構造か……ごめん、下から出直そう」

「はい、出直し……出直しましょう」

いったん六階まで下りて。でもそれが、かえってよかった。

特捜から電話がかかってきた。

「……はい姫川」

『日下だ。今、菊田から連絡があった。片山絵恋、無事逮捕したとのことだ』

「そうですか。それはよかったです」

『そっちはどうだ』

別に誰に聞かれることもないとは思うが、一応、声のボリュームは抑えておく。

「……どうも七階の、英会話教室の人みたいで」

『そこまで分かったんなら、一回帰ってこい』

「なんでですか」

『下手に突っ込んで、暴れられたらコトだろう』

「暴れられないようにやりますよ」

『やるって、どこまで』

「できれば、任同（任意同行）まで」

『それで逆上されたらどうするんだって言ってるんだ』

「分かりました。じゃあ、鑑識の中江《なかえ》さんたちにも手伝ってもらいます」

『だったら、こっちから応援出すから、ちょっと待ってろ』

「いいですいいです、大丈夫ですから。じゃ、また連絡します」

『おい、姫……』

これはこれでよし、と。

六階は、普通に廊下からエレベーター乗り場に行けたので、そこから乗って、改めて七階で降りる。

するともう、降りたその場が教室の受付になっていた。

「いらっしゃいませ、こんにちは」

朗らかな挨拶をくれた、その半円形のカウンターに入っている女性スタッフに訊いてみよう。

「恐れ入ります。私、警視庁の姫川と申します」

「吉岡です」

それだけで、女性スタッフも急に表情を引き締める。

「お、お世話になっております……何か、あの、昨日の事件で、ということでしょうか」

そうとも言えるし、そうではないとも言える。

「ええ、それに関連することで一つ、お尋ねしたいことがございまして。こちらに、コナカイさんという……スタッフの方でしょうか、先生でしょうか」

「はい、コ……コナカイ、でしたら、講師におりますが」

「すみません、フルネームをお伺いしてもいいですか」

「コナカイ、ショウスケ……です」

「漢字は、どう書きますでしょう」

すると、急にヒソヒソ声になる。

「……今、奥におりますので、呼びましょうか」

たぶん、そのコナカイが昨日の事件の容疑者になっていると勘違いしたのだろうが、それならそれでいい。どのみち犯罪者であることに変わりはない。

「はい、よろしくお願いいたします」

現在、時刻は午前十時五十七分。

見たところ、教室自体はオープンしているようだが、まだ生徒は一人も来ていないようだ。丸テーブルとスツールが並んだ待ち合いスペースは無人。教室なのか、個人授業用ブースなのかは分からないが、六つあるドアは全て開け放たれたままだ。

受付の彼女はそのうちの一つに入っていき、代わって男性が一人、そこから出てきた。肩までの長い髪に、顎ヒゲ。間違いない。まさしく、あの映像の男性そのものだ。

名札には【小仲井《こなかい》】とある。

「はい、私が小仲井ですが、何か」

ここで詳しい話をするのは、さすがに憚《はばか》られる。

「恐れ入ります、警視庁の姫川と申します。今、お時間ちょっと、よろしいですか」

「少しの間でしたら、はい、構いませんが」

「では、四階の方に、ご一緒いただいてもよろしいですか」

「……分かりました」

四階までは当然、エレベーターで下りることになる。

小さな箱の中に、玲子と吉岡と、小仲井ショウスケ。

女性と男性が、二対一。

正直、この数十秒は緊張した。小仲井が手を出してきたら、どうしよう。右手できたら、こうしよう。吉岡に何かしようとしたら、まず膝でガンッとやってから、こう、でこう——みたいな段取りまで考えていた。これでも、逮捕術は得意な方なので。

だが、小仲井がアクションを起こすことは、結果的にはなかった。

「こちらに、お願いします」

「……はい」

休憩室の前を通って、角を右に曲がる。今、男性用更衣室のドアは閉まっているが、女性用のそれは空いており、中では現場鑑識係員が五名、作業しているのが見える。

玲子が「中江さん、お疲れさまです」と声をかけると、向こうも「おう」と手を挙げて応えてくれた。

この状況なら、まず間違いは起こるまい。

「小仲井さん……あれ、なんだか分かります?」

玲子は廊下の一番奥、どん詰まりの、天井付近を指差した。

小仲井の表情に、これといった変化はない。

「どれ、ですか」

「あの、天井にくっ付いてる、白くて丸いやつです」

「火災報知機、ですかね」

「みたいに見えますが、あれ、実は防犯カメラなんですよ」

「えっ……」

中江は、ちゃんと更衣室のドア口まで来て、このやり取りを見てくれている。作業中の係員まで入れたら七対一。この状況で暴れ出すとしたら、相当腕に自信のある格闘技経験者か、ただの暴れん坊だろう。

玲子が続ける。

「当然、事件があった時間帯もカメラは回ってまして、お陰で先ほど、犯人は無事逮捕されました」

「そう、なんですね……それは、ご苦労さまでした」

小仲井は、まだなんとか、ギリギリ平静を装ってはいる。

でも、ここから先はどうだろう。

「なので、もう昨日の殺人事件については、ほぼ解決したようなものなんですが、それとは別に、ですね……我々は、防犯カメラが捉えていた、とある場面を目にしてしまったんです。

それに何か、お心当たりはありませんか」

相当図太い神経の持ち主のようで、まだ表情もさほど崩れてはいない。

「……いえ。心当たりというのは、特に」

「小仲井さん。事件のあった、昨日の午後一時頃は、どこで何をしていらっしゃいましたか」

「普通に、教室の方で仕事をしていましたが」

「ずっと、ですか？」

すると、「ああ」と思い出したかのような小芝居を挟んでくる。

まだまだ余裕はある、ということか。

「一度、この階に来ましたね。そういえば」

「この階の、どちらに」

「……ここです」

なんと、小仲井が指差したのは、あろうことか女性用更衣室だった。

これは、どういうことだ。

「あの、こちらは、女性用の更衣室なんですが」

「ええ、分かってますよ」

「女性用の更衣室に、なんのご用があったんですか」

「更衣室ってのは、着替えたり、ロッカーに私物を置いたりするところですよね。それ以外に、何かすることってありますか」

「それを、小仲井さんが男性用更衣室でなさる分には、なんの問題もないと思いますが、ここは女性用更衣室ですよ」

「だから、それは分かってますって」

「男性が、女性用更衣室に入ったら、駄目じゃないですか」

小仲井は、ふんっ、と鼻から息を吹き出した。

それも、なかなかの不敵な面構えで。

「……刑事さん、けっこう古いタイプなんですね」

「は？　こんなことに、古いも新しいもありませんけど」

「そういうね、人を見た目で判断するのって、ちょっと時代遅れだと思いますよ」

こいつ、ひょっとして、女——。

いや、そうではないようだった。

小仲井は、急に艶《なま》めかしい手つきで、自身の「胸」を示してみせた。

「僕、こう見えても『心は女』なんです。男性に交じって着替えをするとか、そういうことを強要するのって、人権侵害だと思うんですよね。僕には、女性として女性用更衣室を使う権利が、あると思うんですけど」

ああ、そっち系ね。

よく分かりました。

じゃあこちらも、そのつもりで調べます。

小仲井章介《しょうすけ》は、意外なほどすんなりと任意同行に応じ、玲子が手配した捜査用ＰＣ（覆面パトカー）にも抵抗することなく乗り込んだ。

そこで玲子は、吉岡の肩を摑んで引き寄せた。

「いい、吉岡さん。あなたに一つ、重要な任務を与えます」

「は、はい……どういった、任務でしょう」

そんなに難しい仕事ではない。吉岡のようなビビリでも、問題なくできるレベルの確認作業だ。

「……了解です。お任せ、ください」

「頼むわよ」

吉岡の肩をポンと押し出し、玲子自身はひと足先に、小仲井を連れて中野署へと向かった。

署に着いたら、とりあえず小仲井は刑組課の取調室に入れ、近くにいた係員にしばらく見張っててくれと頼み、玲子は講堂のある五階まで上がってきた。

「……日下統括。例の男、小仲井章介、任同で今、下の調室に入れました」

　デスクにいた日下が、ゆっくり頷く。

「予定通りの、まずは建造物侵入で通常逮捕、という方針に変わりはないか」

「はい、よろしくお願いします」

　日下が、片方だけ眉をひそめる。

「……お願いします、ってお前、俺に丸投げか」

「そこは、お願いしますよ。その、小仲井ってのが……実はちょっと、面倒臭いタイプっぽいので」

「なんだそりゃ」

　そこで、玲子の携帯電話が震え始めた。

　見ると、表示されているのは、吉岡巡査部長の携帯電話番号だ。

「ちょっとすみません……はい姫川」

『あ、あの、吉岡です……姫川主任、今、確認、取れました』

「そう。どうだった」

　結果は、玲子の予想通りだった。しかも吉岡、この件に関しては期待以上に優秀で、玲子が命じた以外の情報まで報告してくれた。

「……分かった、ありがと。なんか、笑っちゃうね……とにかく、お疲れさま。もうこっち戻ってきていいから」

電話を切り、日下に向き直る。

「統括。詳しくは、またのちほどご説明いたします……では」

日下は明らかに不満そうだったが、玲子は構わず一礼し、講堂をあとにした。

刑組課のあるフロアへと戻り、見ていてくれた係員に礼を言い、玲子も取調室に入る。

現状は任意での事情聴取なので、ドアは開けたままにしておく。

まず、玲子から一礼しておく。

「お忙しいところ、ご同行いただきましたことには感謝いたします。ただ、男性が女性用更衣室に出入りするというのは、現行法においてはやはり、刑法違反と言わざるを得ません」

手錠も腰縄もされていない小仲井は、パイプ椅子の背もたれに踏ん反り返り、両腕をがっしりと胸の前で組んでいる。

「だから……そういう考え方自体が古いって言ってるんですよ。実際この国でも、LGBTQについての認識は急速に深まっている。時代はもう変わりつつあるんです」

身分証を確認したわけではないので、小仲井章介の年齢はまだ分からない。でもたぶん、玲子とそんなには変わらないと思う。三十代半《なか》ば。ひょっとしたら三十七、八、九くらいはいっているかもしれない。

そんな男に「古い、古い」言われる筋合いはない。

「あの……私個人で言えば、そういう、LGBTQですか。全く興味がないので、専門的な知識はほぼないに等しいんですけど、それを理解して容認する方が、時代の認識としては新しいんですか？」

　また、小仲井がふてぶてしく鼻息を吹く。

「当たり前でしょう。欧米ではそういう方向に、どんどん認識は改まっていってますよ」

「本当に、その方が新しいんですか？」

「刑事さん、あなた相当頭が古いっていうか、固いっていうか」

　一々、カチンとくる野郎だ。

「……私、本当にそういうことには疎いんで、通り一遍の一般論しか言えないんですけど、でも戦国武将とかって、女性を戦場に……まあ、現代風に言ったら『慰安婦』ってことになるのかもしれませんけど、女性を連れていくのはさすがにマズい、ってことで、『お小姓《こしょう》』って言うんでしたっけ、代わりに綺麗な男の子を連れていった、みたいに言われていますよね。違いましたっけ」

　これに関する小仲井の反応は、なし。

　なら、続けさせてもらう。

「っていうことは、もう戦国時代の昔から、江戸時代なんかよりずっと前から、日本ではホモセクシャルが、しかも支配階級で認められていたことになりますよね。でも、その頃のヨーロッパってどうでした？　キリスト教って、基本的には同性愛禁止なんじゃなかったでしたっけ」

まだ、小仲井は黙ったまま。

こいつもしかして、玲子以上に、全然知識がないのか。

「小仲井さん、黙ってないで何か言ってくださいよ。あなたは私のことを『古い、古い』言いますけど、今になって同性愛者を差別すべきじゃないとか、理解を深めるべきだとか言ってる方が、よっぽど遅れてるんじゃないですか？　と申し上げているんです、私は。日本は、昔から同性愛者を差別なんてしてこなかったし、法律や戒律で罰した時代だってない……確か、なかったと思うし、それを今になって、欧米がそう言い始めたからって、そうだそうだ、同性愛者を差別すべきじゃない、とか言い出すのって、そっちの方がよっぽど遅れてるんじゃないですかね……遅れてるっていうか、俄《にわ》か仕込みっていうか、軽いっていうか、不勉強っていうか」

「あんたなァ」

駄目。まだこっちのターン。口は挟ませない。

「一般人の感覚だってそうだと思うんですよ。そりゃ、『生理的に無理』みたいに言う人だっているとは思います。でもそれ言ったら、ホモセクシャルの男性からしたら、女なんて『生理的に無理』なわけでしょ？　そんなのお互いさまじゃないですか。だからそういうことじゃなくて、自分の相手としてどうかってのは措いておいて、そういう人がいるってこと自体は、普通に容認してきたと思うんですよね、日本社会は。だって、テレビタレントにだっていっぱいいるじゃないですか。ああいう中間の人たちって面白い人が多いから、独特の感覚だったり、片一方の性に囚われないニュートラルな発想をしたりするから、むしろ引っ張り凧の人気者じゃないですか。そういうのって、社会がちゃんと認知して、容認してきたってことになるんじゃないですかね」

「お……俺は、そんなこと言ってんじゃねえよッ」

おやおや。さっきは自分のこと「僕」って言ってたんじゃなかったかしら。

「じゃあ、あなたは何が言いたいの」

「それは、ゲイとかレズビアンとかって話だろ。俺は、こ……心の、性別の話をしてんだよ。外見が男でも、心が女だったら、女として扱わないのは人権侵害だって言ってんだよ」

こいつやっぱり、分かってて言ってるわけじゃないな。

要するに「エセ」ってことだ。

だったら、コテンパンに叩き潰すまでだ。

「ほう……じゃああなたは、自分の外見が男であることは、認めるのね？」

「それは……あんたが、そう思ってるだけで……そういうふうに、男らしいとか、女らしいとか、型にはまった感覚しかねえのは、だから……古いって、時代遅れだって言ってんだよ」

「分かりました。でも、もう一回だけ確認させて。外見が男性であっても、心が女性だったら、そういう人は周りからも、つまり社会からも、女性として扱われるべきだ、ってあなたは思うのね？」

「そうだよ……だから、さっきから、そう言ってんだろうが」

「分かりました。でもね、法的な見地から言ったらね、あなたの心の性別になんて、なんの価値もないのよ。全くの無意味……あなたの心が男か女かなんて、はっきり言って、どーでもいいの。だーれも、そんな下らないことに興味なんてないのよ」

ガタッ、と小仲井の座っている椅子が鳴る。

「お前、警察官がそんな、人権を無視したこと言っていいのかよ」

「いいえ、私は警察官だからこそ言ってるんです。私、前もって言いましたよね、日本社会は同性愛や……さっきは『中間の人たち』って言い方をしましたけど、そういうのは歴史的にも認めてきたって。広く受け入れられてきたって。ただ、いま私が言ったのは『法的』な話。感覚とか好き嫌いとか、性的指向の問題じゃなくて、法律の話。法律上は、心の性なんてなんの価値もない、意味もない、それを持ち出して『俺は女だーッ』とか言われても、あんた何言ってんの、あんたの股間にぶら下がってるソレは何なんだ、ってそれでお終いだって言ってんの」

小仲井が身を乗り出してくる。

「だから、その法律が変わろうとしてるって言ってんだよ」

「何法よ。なんて法律の何条の何項のこと言ってんの」

「憲法だよッ」

　バカだな、こいつ。

「憲法は、そんなに簡単に変わったりしません」

「変わるんだよ。変わってきてるんだよ、少しずつ」

「ハァ？　またお得意の思い込み？　俺が心で思ったら俺は女で、俺が心で思ったら憲法も変わるんだって？　だから……あんたみたいな俄か仕込みの変態野郎が出てくるから、そういう法律は安易に変えたりしちゃ駄目だって言ってんのよ。いい？　じゃあもっと分かりやすい話をしてあげようか。思い込みで戸籍に記載してある項目が書き換えられるんだとしたら、あんたの大っ嫌いな女が、私は小仲井さんの妻です、愛し合ってるんです、少なくとも私はそう思ってるんです、って言うだけで、あなたの奥さんになれるってことなんだよ」

　ケッ、と小仲井が唾を吐く真似をする。

「そんなの、認められるわけねえだろ」

「あら、どうして？」

「俺がそんなの認めねえからだよ」

「でも、お相手の女性が心からそう思ってたら？」

「結婚ってのは相手のあることだろう。一方が思い込んだからって、成立するわけねえだろ」

「その通りッ」

拍手もしてあげる。

「……小仲井さん、やっぱり分かってるんじゃない。そう、それと全く同じことなの。男か女かって、その人の思い込みでどうにかなる問題じゃないんですよ。そりゃライフスタイルとして、体は男だけど心は女、あるいはその逆、という主張をする自由は、少なくともこの国では認められている。差別はされない。元からしてないし。でも、相手にそれを強要することはできないんです。俺の心は女だから、法律上も俺を女として扱ってくれ、は通用しないんです。法律の世界では、その個人が男性であるか、女性であるかは、社会の側が決めることなんです。現在の法解釈では、性別は身体的特徴を以て判断する、ということになっています。ちなみに、なんだっけな……確か、今は『性分化疾患』って言うように、変わったんだと思いますけど、そういう身体的な問題は、心の性別とは別の話なので、ちょっと措いておくとして」

小仲井が何か口を挟んできそうだったが、それは掌を向けて制した。

「これはね……あなたみたいな、俄か知識の変態野郎が軽々しく口にしていい話ではないんですよ。今さっきね、私は、誰かが言い張ったらあなたの奥さんになれちゃうかも、って話をしましたけど、これ、国籍にだって当てはまるんですよ。誰か外国人がね、俺の心は日本人だ、だから俺のことを日本人と認めろ、って言い始めたら、それ認められます？　そんなんで済むんだったら、亡命とか難民とか移民とか、帰化とか永住権とか、そういう定義から、一切合財必要なくなっちゃうじゃないですか。心は日本人です、って言い張ればいいだけなんだから」

今、小仲井の目が、わずかに下に沈んだ。

刺さったな、と思った。

玲子自身、この一連の話が法解釈に関する論法として正しいかどうかは、正直自信がない。ただの思いつきで言っているだけなので、専門家に聞かれたらダメ出しを喰らうかもしれない。

でも、いいのだ。

滅茶苦茶でもなんでも、今は小仲井の心に刺さる言葉を投げ続ける。それが重要なのだ。そして、具体的にどの言葉だったのかは分からないが、でも何かが、小仲井の心に刺さった。

この機を、逃してはならない。

「それって、恐ろしいことですよ。日本を敵視している国の人間が、日本に入国した途端、心は日本人デース、日本国籍をくだサーイ、って言ってきたら、そうしてあげなきゃいけないんですよ。国籍がそれで得られるなら、選挙権だって当然、それに付随することになる。住所だってイケますよね。ここは私の家デース、私はここに住みマース、って言われたら、それも認めてあげなきゃいけない。そんなのが十万人、二十万人と押し寄せてきたら……いま小仲井さん、そんな馬鹿な話はあるか、って思ったでしょ？」

なんと、素直に「うん」と頷く。

「今のところはね、そうです。まさしく馬鹿話です。そんなことは、実際には起こっていません。でもね、心は女性なんだから、たとえ体が男性でも女性として扱いましょう、戸籍上の性別変更を認めましょう、なんて法律が成立してしまったら、馬鹿話じゃ済まなくなるんです。心は日本人だ、国籍寄越せ、って言われて、そんなことはできません、って突っ撥《ぱ》ねても、なんでだ、心は女だって言ったら、体は男でも戸籍上は女になれるんだろ、だったら心は日本人だって言ったら、日本国籍も得られるってことじゃないか……って、この程度の屁理屈すら、押し返せなくなっちゃうんです。最初は小さな法の変更でも、それが『蟻の一穴』になって、それを根拠に、だったらこれもこうして、それもこうして、じゃああれもこうできるよね、できるよね、って、どんどん捻《ね》じ込まれることになっちゃうんです」

もう全然、視線が上がってこない。小仲井は、完全に意気消沈している。

そろそろ、いいかな。

「小仲井さん。これはもしかしたら、最初に申し上げた方がよかったのかもしれませんけど……あなたがね、職場では普通に男性として振舞っていることも、英会話教室の従業員は誰も更衣室なんて使っていないことも、あなたが女性の生徒さんとデートしたって自慢話を教室内でしていたことも、全部分かってて私は、あなたとお話をしているんですよ。あなたは……まあ、そこまで深くは考えてなかったのかもしれないけど……ね。心は女だから、体は男でも女性用更衣室に入ってもいいんだなんて、もう、そんなこと言わないで。そういうこと言われるの、本物の女性は物凄く怖いの。理屈じゃなくて、女性しかいないはずの空間に、ズカズカ男性が入り込んでくるなんて、恐怖以外の何物でもないの。男だったら……そういう変態野郎から、女を守ってよ。私たちを守ってよ。あなたには、そういう男になってほしいな」

頷いたのか、ガックリとうな垂れたのか。

いずれにせよ小仲井の、最初の主張は潰せたと思っていいだろう。

しかも、ちょうどいいタイミングで取調室の壁がノックされた。

小幡巡査部長が、Ａ４のペラを一枚持って外に立っている。

「うん、ご苦労さま。取れた？」

「はい。なんの問題もなく、すんなりと」

そのペラを玲子に差し出してくる。

玲子はそれを、小仲井に向けてみせた。

「はい。ではこれが、あなたへの逮捕状となります。ここに……分かりますよね。あなたの名前と、罪状、建造物侵入。ということで、小仲井章介、あなたを逮捕いたします」

「……エェエーッ」

なに驚いてんのよ。

逮捕するに決まってるでしょう。この変態野郎。

そもそもの、女性用更衣室で発生した事件自体は、こういうことのようだった。

マル害、矢本光瑠と同じ「炭火焼肉もくもく亭」の従業員である片山絵恋、二十五歳は、やはり同店の従業員である羽村大夢《はむらひろむ》、二十九歳と交際していた。

ところが今週火曜、二十六日の夜。片山が「もくもく亭」での勤務を終えて駅までの道を歩いていると、前方に、羽村とよく似た背恰好の男が歩いている。ブルゾンの色、柄にも見覚えがある。隣には背の高いミニスカートの女。まさかと思って距離を詰めると、間違いない。男性は羽村大夢で、腕を組んで歩いているのは矢本光瑠だった。

あまりのことに、片山はそれ以上二人を尾行することができず、えらく遠回りをして中野駅まで行き、その日は帰宅したという。

だが、何もなかったことになどできるはずもなく、翌日「もくもく亭」に何喰わぬ顔で出勤してきた羽村を詰問。すると羽村は、矢本から誘ってきた、本当は嫌だった、でも奢《おご》るからと言われ、一杯だけ付き合った。その後――片山は「その後は何もなかった」という話を聞きたかったのだが、羽村はなぜか、その後に二人でホテルに行ったことまで明かした。

理由を訊いても、羽村は「なんでだろうね」と言うだけだったという。

世の女性の多くは、浮気をした男より、その浮気相手である女を責める、という説があるが、この場合は必ずしもそうではないように思う。片山は羽村に怒りを覚えた。詰問もした。しかし反省も謝罪も得られなかった。その結果として片山は、行き場のなくなった怒りを矢本に向けた、ということではないのか。

それでも「殺人」であることに、なんら変わりはないのだが。

あとは防犯カメラ映像にあった通りである。

二十九日のシフトを見ると、矢本は十三時からの勤務になっている。ならば、更衣室にはその少し前に入るはず。幸い、十三時入りのスタッフは矢本だけ。更衣室に、その他のテナントの従業員がいる可能性はあるが、少し待てば、あるいは「この子と話があるんで出てくれます？」みたいに言えば、二人きりになれると思っていた。

包丁は、あくまでも護身用に、店から持ってきたのだという。

矢本光瑠は身長百七十センチ。十代の頃はかなりの不良で、女同士の喧嘩で負けたことは一度もないし、なんなら男とのタイマンで勝ったこともある、などと自慢していたという。

対して、片山絵恋の身長は百六十二センチ。喧嘩なんて一度もしたことがなかったし、学生時代、不良に絡まれたことすらなかった。正直、年下でも矢本のことは怖かった。でも、どうしても赦せなかった。このまま、羽村を寝取られて終わりにはできなかった。二人きりの更衣室で刃物をチラつかせれば、さすがの矢本も怖気づき、羽村に手を出したことを詫びるのではないか。泣いて謝るのではないか。

ところが、そんな展開には全くならなかったという。

矢本は、誘ってきたのは羽村の方だ、彼はあんたには飽き飽きしてる、何かっていうと「大夢の好きにしていいよ」と言うつまらない女、もう別れたいんだけど、バイト続けられてもウザいから、居づらい感じにして追い出そうぜ、という相談もされた——。

嘘つくな、と片山が包丁を向けても、矢本は全く動じなかったという。そればかりか、何度切りつけても包丁を奪おうと手を伸ばしてくる。本当に怖かった、ゾンビみたいだった、だから余計に怖くなって、何度も何度も刺してしまった。

もし、矢本光瑠の心がもう少し早く折れて、謝罪と命乞いをしてくれていたなら。それ以前に、羽村大夢がひと言、素直に浮気を詫びてくれていたなら。

片山絵恋は、殺人犯にはならずに済んだのかもしれない。だが、今さら仮定の話をしても仕方がない。

あとは法廷で、交際相手や被害者との関係について洗い浚《ざら》い喋って、情状酌量を勝ち取るくらいしか戦い方はあるまい。

特捜設置二日目にして犯人逮捕、さらに建造物侵入犯まで検挙するというオマケ付き。となれば、当然「署での泊まり込みは必要なし」との結論に至る。

《以上、起立、敬礼……休め》

「起立、敬礼……休め」

片山絵恋に同情的だった魚住は、会議後も浮かない顔をしていたが、玲子が「ご飯でも行きましょうか」と誘うと、少し笑顔を見せてくれた。

「……そうですね。行きましょうか」

例の、コロッケが美味しい焼き鳥居酒屋という手もあったが、そこには個室がないので、あまり込み入った話はできそうにない。

なので今日のところは池袋の、何回か行ったことのある個室居酒屋に席を取った。あえて他には、菊田も小幡も、誰も誘わなかった。

ほとんど、ブースのような個室で向かい合い、

「お疲れさまです。乾杯」

「乾杯……ありがとうございます」

互いに、ジョッキの半分くらいまでビールを流し込む。

するともう、いきなり魚住がニヤリと頰を持ち上げた。

「そういえば……主任、またまた、凄まじかったらしいですね」

なんのことか、概ね察しはつくが。

「はい？　なんのことでしょう」

「お前みたいな変態野郎の心になんて、なんの価値もありゃしないんだよッ……と、怒鳴り散らしたとか」

　勘弁してよ。

「違います。全然違います。私、そんなことは言ってません」

「でも、近いことは言った？」

「確かに、近いことは……いやいや、言ってないです。変態野郎の心に価値はない、というのは違います。法律上、心の性別にはなんの意味もない、と言ったまでです……表現としては、それよりも、柔らかかったような……」

　もっともっと激しかったような。

　ちなみに、事件現場となった女性用更衣室から、小仲井章介の指紋が出たという報告は、現時点ではまだない。でも玲子は、絶対に何かしら出てくると信じている。出てこないわけがない。

　それとは別に、玲子も思ったことがある。

「ちなみに、片山絵恋ですが」

　すると、途端に魚住が眉をひそめる。

「はい……なんか、話すといい娘なんですよ。そりゃまあ、男を見る目がなかったと言ってしまえば、それまでなんですが」

「それなんですよね。私はその、直《じか》に話したわけじゃないですから、関係図的な理解しかしてないですけど、でも、これで公判ってなったら、片山絵恋は……言い方は悪いですけど、羽村大夢と矢本光瑠を悪者にして、情状酌量を狙うしかないと思うんですよね」

「はい。私も、そう思います」

　まさに、そこなのだ。

「ただね、羽村ってひどい男なんです、矢本光瑠も怖い女だったんです、その恐怖心から、私はあのような犯行に……っていうのも、言ったら『心』の話なわけですよ」

　魚住が、半笑いで口をすぼめる。

「ほう、なるほど」

「でも私は、小仲井に対して、心の性別なんて法律上はなんの価値もない、と言ってしまったわけで」

「言って……しまったんですね」

　そこ、ツッコまないで。

「……まあ、ニュアンスは措いておいて、意味としては、ですよ。法律上、心の性は評価しないとした一方で、片山絵恋に関しては、こんなにつらい思い、怖い思いをしたんだから、殺人罪といっても少し多めに見ることはできませんか、と擁護する気持ちがあるわけです」

「ですよね。分かります」

もうひと口、飲んでおく。

「……でも、それって私の中では、なんら矛盾してないというか。同じ法律上の話で、心の中でどう思ってるかを、一方では評価しないと言い、一方では評価してほしいと思ったわけですけど、でも、たとえばですよ。本当に『心が女性』の男性がいたとして、その人が別の誰かに……知人でも、会社の上司でもいいし、親でもいいですけど、オマエ男だろ、もっと男らしくしろ、もっと、もっとだ、そんなだからお前はダメなんだよ、女みたいにナヨナヨしやがって、気持ちワリいな……みたいな罵声を散々浴びせられ続けて、それで逆上して、刺し殺してしまったとしたら、私はその男性を、やはり片山絵恋と同様に擁護したくなると思うんですよね」

「はい。はいはい」

「送致書に……さすがに『寛大処分』とも『相当処分』とも書きませんけど、でも、何かしらの考慮はしてほしいとは、思うと思うんです……これって私、矛盾してますか」

魚住は、フルルッ、と首を横に振ってくれた。

「全然、矛盾してないと思います。むしろ差別をしないって、そういうことだと思います」

「ですよね。大丈夫ですよね。スジ通ってますよね」

「大丈夫です。私も同意見です」

よかった。やっぱり今日は、魚住を誘ってよかった。
じゃあ、とりあえずビールをお替わりしましょう。

千鳥の契り

*

五十嵐律人

五十嵐律人
（いがらし・りつと）

1990年岩手県生まれ。東北大学法学部卒業、同大学法科大学院修了。弁護士（ベリーベスト法律事務所、第一東京弁護士会）。『法廷遊戯』で第62回メフィスト賞を受賞し、司法修習中の2020年にデビュー。リーガルミステリーの新たな旗手として大きな注目を集める。他の著書に『不可逆少年』『原因において自由な物語』『六法推理』『幻告』『魔女の原罪』『現役弁護士作家がネコと解説 にゃんこ刑法』『真夜中法律事務所』がある。

0

生涯のパートナーだと思っていた配偶者は、その日、その瞬間、もっとも憎むべき人間に成り下がった。

否、人間ですらない。理性を失った獣だ。

男女が、肉体関係を仄《ほの》めかす単語をちりばめつつ、メッセージで愛を囁《ささや》きあう。受信者が私ではない以上、それは裏切りの証拠に他ならない。

四十代に差し掛かりながら……、なにが『今すぐ会いたい、毎日会いたい』だ、なにが『また一緒にお風呂入りたいね』だ。

汚らわしい。携帯を持つ手が怒りで震えた。

私を触った手で、重ねた唇で、別の愛を密かに育《はぐく》んでいたのか。

結婚して十年が経つ。一緒にいるだけで胸が高まる。その感覚は、もはや思い出せない。

記念日を意識しなくなってから、会話が続かなくなってから、どれくらいの年月が経《た》っただろう。愛情ではなく、惰性で繋がっていただけなのかもしれない。

それに、私たちは問題を抱えていた。どちらかに責任があるわけではなく、しかたがないことだと思っていた。

夫婦とはいえ、所詮は他人。以心伝心で全てを理解することは不可能だ。

それでも、今回の裏切りだけは絶対に赦《ゆる》せない。

私の両親も、不倫が原因で離婚している。不貞を働いた父親とも定期的に会っていたが、この人のせいで家族がバラバラになったと心の奥底では恨んでいた。

私たちは大丈夫。どうして、そう思い込んでいたのだろう。

予兆はあった。だから、携帯を盗み見ようと決めた。

私にとっては大きな決断だった。一ヶ月ほど前に、四桁のパスコードが偶然見えた。飼い猫の誕生日だったので、簡単に記憶することができた。

だが、チャンスはなかなか訪れなかった。

喫煙の際も、トイレや入浴の際も、携帯を肌身離さず持ち歩いていた。今にして思えば、やましいことがあったから、私に見られないようにしていたのだろう。

今朝、高熱を訴えてベッドから出てこなかったので、病院に行ったほうがいいと告げて、私は仕事に向かった。帰ってくると、朝と同じ服装で寝息を立てていた。

いつもは眠りが浅いのに、高熱のせいか寝返りも打たない。サイドテーブルに携帯が置かれていることに気がついた。

手を伸ばしたら引き返せない。けれど、考えるより先に身体《からだ》が動いていた。

高鳴る心臓。目を覚ましたら……。そのときはそのときだ。

そして、非情な現実を突きつけられた。

うなされるような寝言が聞こえた。聞こえないように、心の中で舌打ちをする。

ふざけるな。本当の悪夢を見るのはこれからだ。

――地獄に突き落としてやる。

1

七、五、三。
決められた順番にダイヤルを合わせて、郵便受けのロックを解除する。毎朝、共用フロアの郵便物を確認してから仕事に取り掛かるのを日課の一つとしていた。

パーソナルジムのチラシと水道の検針票。その下に、探偵事務所のチラシが入っていた。

『浮気・不倫調査専門　千鳥《ちどり》探偵事務所』

両手で顔を覆った女性の写真が大きくプリントされていて、カラフルなテキストで余白が埋められている。

『少しでも疑わしいと思ったら、まずはご事情をお聞かせください』

『二十四時間対応、秘密厳守、相談無料』

『証拠が手に入らなければ0円。完全成功報酬プラン』

『弁護士兼探偵による裁判手続を見越した総合的なフォロー』

都内のタワーマンションの一室に、私と夫の古浦哲治《こうらてつじ》は二人で住んでいる。

さまざまな郵便物が日々投函されているが、探偵事務所のチラシを見たのは初めてだった。カップルや夫婦の居住者が多い分譲マンションとはいえ、浮気や不倫のトラブルが多発しているとは思えない。手当たり次第にチラシをばら撒《ま》いているのか。

私のような、潜在依頼者が手に取ることを願いながら。

先週から、十軒以上の探偵事務所のホームページに目を通してきた。費用や実績、専門分野などを比較考慮しながら、どこに相談するかもある程度絞り込んでいる。

郵便受けに入っていたチラシを見て、「すごい偶然だ。せっかくだから相談してみよう」と〝運命〟に身を任せるほど、私は楽観的な人間ではない。むしろ、聞き覚えのない探偵事務所だったので、怪しいなと思ったくらいだ。

目を引いたのは、大文字で書かれた二つの宣伝文句だった。

完全成功報酬プラン。そして、弁護士兼探偵——。さまざまな探偵事務所を比較検討してきたからこそ、その特殊性にすぐ気がついた。

不倫調査の料金設定は、時間料金制と成功報酬型の二種類に大きくわけることができる。前者は、調査員の稼働時間に応じて調査費用が発生する。一時間あたり二、三万円が相場のようだ。後者は一定の成果を上げた場合に限って調査費用が発生する。

時間料金制の場合、最低でも二人の調査員が尾行に当たるため、短時間の調査でも十万円以上の費用が掛かることが多い。さらに、不倫の現場を現認できず空振りに終わると、費用がどんどん膨れ上がってしまう。

哲治は、いつ不倫相手に会っているのか。時間を掛けて見定めようとしたが、未だ目星もつけられずにいる。

証拠を掴めなければ調査費用も発生しない。良心的な料金設定に思える成功報酬型でも、さまざまなトラブルが想定されるようだ。何をもって成果とするのか。成功報酬型と謳いながら、高額な着手金や諸経費が定められていないか……。

チラシを見る限り、千鳥探偵事務所は〝完全〟成功報酬型を採用すると共に、肝心な報酬も『三十万円』と驚くほど安価だった。

何か裏があるのだろう。当然そう疑ったが、弁護士兼探偵の肩書が、事務所の胡散臭《うさんくさ》さを若干ながら中和していた。

探偵が不倫の証拠を手に入れるだけでは、依頼者が目的を達することはできない。慰謝料の請求、離婚。それらの勝負所で配偶者――あるいは不倫相手――を追い詰めるための武器の一つにすぎないからだ。

そして、その大一番で活躍するのは弁護士だ。探偵が集めた証拠という食材を、弁護士が調理して慰謝料や離婚を勝ち取る。

複数の専門家に依頼すれば、費用も二重に掛かる。一方、探偵業も弁護士業も一手に引き受けられる事務所なら、ワンストップで不倫対応のサービスを提供できる。そこに、業界水準とかけ離れた価格設定のカラクリがあるのではないか。

調査の段階においても失敗は許されない。つまり、安かろう悪かろうは論外だ。けれど、探偵としても有能なのであれば、安いに越したことはない。

それに、相談無料とも書かれている。

哲治が先に郵便受けを開かなくてよかった。マンションの近くの公園に移動して、携帯で千鳥探偵事務所に電話をかけた。

「私、古浦仁望《ひとみ》といいます。チラシを見てお電話差し上げたのですが――」

＊

前職の広告代理店の新卒同期として、私と哲治は出会った。

私はマーケティング部門、哲治は営業部門に配属されたので、会社で顔を合わせる機会は多くなかったが、研修や飲み会で言葉を交わすうちに打ち解けていった。

学生の頃から、一芸に秀でた異性に魅力を感じることが多かった。

サッカー部のエース、成績が不動の学年一位、芸術コンクールの表彰常連者。もちろん、全ての恋が実ったわけではない。けれど、外見や性格に難があっても気にしなかったので、勝率はそれなりに高かった。

哲治に惹かれた理由もシンプルで、圧倒的に仕事ができたからだ。

営業部は、実力主義の色合いが特に濃い職場だった。雑誌や電車の中吊り広告などの枠をクライアントに売り込むことが営業部のミッションだが、哲治は一年目から全社員が対象の表彰式で壇上に上るほどの成果を上げた。

プライベートだと口が達者な印象は受けず、むしろ同期の中ではいじられキャラだった。営業成績の秘訣を訊《き》くと、「泥臭く動き回ってるだけだよ」とはぐらかされた。

何かしら飛び抜けた長所がある人は、承認欲求が高かったり自信家であることが多かったので、その実直さが新鮮だった。

哲治は大学院の博士課程を修了している。大学での研究に見切りをつけて、広告の世界に足を踏み入れたらしい。

入社二年目から付き合い始めて、結婚したのはさらに五年以上が経った後だった。お互い仕事に熱中していたため、結婚までに時間が掛かった。

私は、マーケティング部で広告業界の人脈を広げ、ノウハウを身につけてから、フリーのマーケティングコンサルタントとして独立した。会社員には向かないことを自覚していたので、退職することに迷いはなかった。

独立当初は知人からお情けで振ってもらった案件しか収入源がなかったが、成果を上げたクライアントから数珠繋ぎで紹介を受けて、少しずつ忙しくなっていった。

独立して二年目には、前職の収入を超えることができた。キャパシティに応じて仕事量も調整できるので、可処分時間が増えてストレスは減った。広告費を投下しながらスタッフも増員して、加速度的に業績を伸ばしていった。

哲治の方が間違いなく優秀なビジネスパーソンで、昼夜を問わず働いているのに、収入は私の半分にも満たない。本人は会社勤めに不満はなさそうだったが、くすぶっているように見えてしまった。

会社を辞めて営業代行として独立すれば、きっと成功する。商材は私が準備できる……。そう説得したが、哲治は首を縦に振らなかった。

リスクを嫌う性格で、お金に執着しない。そのような性格の哲治にとって、独立は選択肢になかったようだ。

会社に所属していた方が大規模な案件を扱うことができるから、とも言っていた。

挑戦と収入か、安定とやりがいか――。哲治の考え方も理解できたので、それ以上は口を出さないことにした。

私の三十歳の誕生日に、結婚してほしいと哲治に言われた。付き合う際にアプローチしたのも、同棲を申し出たのも、私だった。だから、向こうからプロポーズされたのが意外で、差し出された指輪を受け取る前に、理由を訊いてしまった。

「どうして、結婚しようと思ったの？」

「安心したかったんだ」

彼らしい答えだと思った。子供が好きだと、哲治は付き合った当初から言っていた。私と別れたら、子育ての機会が遠ざかる。そう思ったのかもしれない。

「私でいいの？」

「仁望以外に考えられないよ」

婚姻に応じない理由はなかった。ベビーシッターに面倒を見てもらえば、仕事への影響も最小限に抑えられる。それくらいの経済的な余裕はあった。

しかし、出産適齢期を過ぎても、私たちは子供を授からなかった。

夫婦の会話が減り、これまで以上に仕事に没頭した。哲治は、営業部長の役職に就きながら、プレイヤーとしても実績を出し続けている。私も、立ち上げた会社の規模を拡大して、フリーランスのときは相手にされなかった会社と取引ができるようになった。

子供ができなくてよかったと、私は心のどこかで思っていた。哲治の本心はわからない。

大きな喧嘩もなく夫婦生活が十年以上も続いたのは、腹を割って本音で話すことをお互いに避けてきたからかもしれない。

哲治の不倫に気がついたとき、私は言葉を失うほどの衝撃を受けた。

夫婦関係が良好だと思い込んでいたわけではないし、自分が良き妻だと自惚《うぬぼ》れていたわけでもない。

ただ、不倫というリスクを冒す人間ではないと思っていたのだ。

交際期間を含めれば、十五年以上の付き合いだ。それでも、私は彼の本質を理解できていなかったようだ。あるいは……、それほど魅力的な女性に出会ったのか。

いずれにせよ、私は哲治の本性を明らかにしなければならない。

できる限り早く、確実な方法で——。

2

探偵は、オープンカラーのチェックシャツを着たラフな格好で、私を出迎えた。口元にも顎《あご》にも黒い髭《ひげ》をたくわえている。哲治と同い年くらいの年齢だろうか。

眼光が鋭く、別の生き物に喩《たと》えるならカメレオンに似ている。

「初めまして——。千鳥暁《あきら》です」

そう言いながら千鳥は革張りの椅子から立ち上がり、『弁護士兼探偵』と肩書が付された名刺を差し出した。

「古浦です。よろしくお願いします」

「怪しげな外見と肩書で、申し訳ありません」

事務所には、私と千鳥しかいない。スタッフは浮気調査に出ているらしい。エスニック調のラグとガラス張りのテーブル。棚には、所狭しと観葉植物が並んでいる。

「雰囲気がある事務所ですね」

「お気に入りのインテリアを並べていったら、こうなりました」

夫の不倫について相談したい。そう電話で告げると、詳しい話は直接会ってからにしましょうと、来所を促された。

「浮気や不倫の調査を、専門とされているのですよね」

「数年前までは手広くやっていたのですが、探偵にも専門性が求められる時代ですからね。強みを活かそうと思って、この分野を選びました」

「弁護士の肩書が、強みですか」

「仰るとおり、不倫は特に法的紛争に繋がりやすいトラブルです。法律に精通していないとできないアドバイスが多くあります」

そこで千鳥は、自分の顔を指さした。

「あとは、この外見ですね。いかにも……、離婚経験がありそうでしょう？」

「あるのですか？」

「はい。手痛い経験が。苦労を知っているからこそ、親身に相談に乗ることができます」

離婚経験と濁したのも、あえてだろう。自身の不倫が原因であれば、多くの相談者に敵とみなされかねない。

私にとってはどうでもいいことだ。同情してもらうために来たわけではない。

「夫の不倫の証拠を摑んでほしいんです」

「対象者の名前を教えていただけますか？　旦那さんと呼ばれるのも不愉快でしょうから」

「哲治です」

千鳥は、手帳に何か書き込んでから口を開いた。

「不倫と一口に言っても、裏切りの形はさまざまです。哲治さんは……、何をしでかしたのですか？」

「私以外の女性と、頻繁にメッセージでやり取りをしてホテルで密会しています。肉体関係もあるはずです。彼が眠っている間に携帯を見ました。メッセージのバックアップデータも手に入れています」

あらかじめ準備してきた答えを口にした。

「なるほど。相手の女性は特定できていますか？」

「いえ。心当たりもありません。ですが、勤め先の関係者ではないかと疑っています」

「なぜですか」

「仕事人間で、出会いのためにプライベートの時間を割くイメージが湧かないからです」

「マッチングアプリを使った不倫も、最近は増えてきていますが……」

「やっぱり、想像できません、不倫されるような妻の推測なので、話半分で聞いてもらえればと思います」

「重要な情報です。ありがとうございます」

社内の人間か、取引先の人間だろうと、私はほぼ確信していた。根拠はない。強《し》いて言うなら、十年以上連れ添った妻の直感だ。

「二ヶ月くらい前から、泊まりがけの出張が増えたり、スーツから香水の匂いがしたり、おかしいなと思うことが度々ありました。私も忙しかったので、追及はしなかったのですが、この間、ポケットからこれを見つけて」

鞄からクリアファイルを出して、テーブルに置いた。

「ホテルの領収書ですか」

「はい。都内のシティホテルです。家から三十分くらいで行ける場所なので、出張では説明がつきません」

「それで、携帯を?」

「すぐに怪しいメッセージが見つかりました。これが保存したデータです」

携帯を渡すと、千鳥は素早く目を通していった。切れ長の目、高い鼻。スーツを着ていたら、探偵というより刑事に見えそうだ。

「肉体関係を仄めかす直接的な表現はなさそうですね」

「待ち合わせ場所、お礼、次はいつ会えるか――。これだけで不倫の証拠になるとは、私も思っていません」

「ですが、この日も会っていますね」

千鳥は領収書を指さした。携帯の画面をスクロールして、メッセージの日付と照合したのだろう。

即座にその発想に至ったのは、さすがというべきか。

「はい。近くの駅で待ち合わせて、ホテルに行ったのだと思います。名古屋に泊まりがけで出張だと、私は聞いていました。これは不倫の証拠になりませんか」

携帯を私に返してから、千鳥は答えた。

「哲治さんが嘘をついた証拠にはなると思います。事情を聞いた多くの人は、不倫をしていると判断するでしょう。ただ、審判や裁判で主張しなければならない不貞行為は、『配偶者以外の第三者と肉体関係を持つこと』です。シティホテルの領収書と先ほどのメッセージでは、充分な証拠とは評価できません」

「やはり、二人でホテルに入るところを撮影する必要がありますか」

インターネットで検索したところ、不貞行為の証拠の代表例が挙げられていた。

「正確には、ホテルに入るところと出るところをセットで押さえるのがベストです。滞在時間が長いほど、誰にも聞かれない場所で相談していたなどの言い訳を潰しやすくなるので。まあ、その言い訳を鵜呑みにする裁判官に出会ったことはありませんが」

「それは、弁護士としての経験ですか」

千鳥は頷いて、「先ほどの領収書とメッセージ、そしてホテルに入る二人の写真があれば、不貞行為を立証できると思います」と続けた。

探偵と弁護士の知見を基に、不倫トラブルを解決してきたのは事実であるようだ。

「依頼した場合の料金をお訊きしたいのですが――」

「その前に、ゴールを明らかにしましょう」

「ゴール？」

「仁望さんが、何を目指しているのか。端的に言えば、離婚を目指すのか否かです」

「はい。離婚を考えています」

「証拠を突きつけて、パートナーと不倫相手を別れさせる。慰謝料は不倫相手に請求して、婚姻関係は継続する。そういった選択をする依頼者も少なからずいるので、念のため確認した次第です」

「一度裏切られたら、関係を修復することはできないと思っています」

メッセージに目を通したときに、哲治と離婚することは私の中で決まった。怒りで周りが見えなくなったわけではない。そうするべきことは明らかだった。

「わかりました。ちなみに、お子さんは？」

「いません」

「親権や養育費は問題にならないということですね。今のも、探偵ではなく弁護士としての質問です。このまま、審判や裁判を見据えた説明を続けてもいいでしょうか？」

「助言していただけるのはありがたいです」

「探偵調査を頼んだら、弁護士としても依頼しないといけない。そういったルールは設けていないので、安心してください。チラシに記載した成功報酬についても、オプション料金などは特にありません」

懸念事項を潰すように、千鳥は説明を加えていった。

「では、お言葉に甘えさせていただきます」

「離婚と切っても切れない関係にあるのが、財産分与です」

「婚姻中に築いた財産を清算する手続ですよね」

「はい。貯金だけではなく、不動産や株式などを所有している場合も、金銭的な価値を算定した上で清算の対象に含まれます」

財産分与については、事前に調べてきた。

「基本的には、半分ずつ分けることになるんですよね」

「よくご存知で」

私も哲治も、いわゆる高所得者に分類されるはずだ。結婚後に、タワーマンションも購入している。調べてみたところ、購入時よりも価値が高騰していることがわかった。

「不倫が原因で離婚した場合でも、その割合は変わらないのですか」

「不貞行為の慰謝料と財産分与は区別して考えるのが基本的なルールです。哲治さんが納得した場合は別ですが」

「そこは妥協しないと思います」

不倫の慰謝料の相場は、百万円から二百万円くらいらしい。夫婦の共有財産が多いほど、慰謝料の価値は相対的に低下する。

「お互いが所有している財産は、それぞれ把握していますか」

「貯金とか生命保険のことですか」

「株や投資信託を資産として保有している方も増えています。財産分与では、まずお互いが保有している財産を開示して、それを前提に調整を加えていくのが一般的です」

「隠そうと思えば隠せるということですか」

特に知りたいと思っていた情報なので、慎重に訊いた。

「怪しい財産がある場合は、弁護士名義で照会をかけることができます。ただ、闇雲に調査するだけでは漏れ落ちてしまう財産があるかもしれないので、同居している間に下調べを行うことを勧めています」

なるほど。考えをまとめてから、私は答えた。

「財布は完全にわけていますし、どれくらいの貯金があるのかも把握していません。あまり干渉し合わないようにしてきたので」

「貯金については、銀行と支店名。株や投資信託については、証券口座。あとは、契約している保険会社や小規模企業共済の加盟の有無など。取っ掛かりさえあれば、あとは弁護士が何とかします。哲治さん名義で届いている封筒などを探してみてください」

忘れないように、急いでメモした。

別居に踏み切ったら、郵便物を漁ったり、携帯やパソコンを盗み見ることも難しくなる。タイミングを見計らって動かなければならない。

「夫も、私の財産は把握していないと思います」

「隠したい――ということですか」

千鳥はすぐに、私の真意を見抜いた。

「そういった相談には応じてもらえませんか」

「財産隠匿を指示すると、弁護士法違反で懲戒処分の対象になりかねません。悪巧みはせずに、きちんと開示した方がいい。弁護士としては、そう答えざるを得ません」

「わかりました」

断られることは覚悟していた。話題を変えようとしたが、先に千鳥が口を開いた。

「裏切られたのに、財産は半分ずつ。なかなか納得できませんよね」

「……はい」

「慰謝料と財産分与は、制度趣旨が違う。婚姻中に築き上げた財産を公平に分配するための制度だから、不貞行為に及んだ側にも受け取る権利がある。そう説明していますが、不公平な帰結だと私も思っています」

「諦めるしかないんですよね」

「財産を隠す方法を教えてほしいと正面から頼まれたら、やはり断るしかありません。ですが、一般論でよければ、お答えできます」

「えっと……」

「銀行や証券会社ごとに、弁護士が照会をかけるルートや、資料の収集方法は異なります。金融機関を特定してくだされば、私が知っている限りの情報を開示します。それをどう扱うのかは、仁望さんの自由です」

「いいんですか？」

私が訊くと、千鳥は顎髭を撫でた。

「ご自身ではなく、哲治さんが、いくつかの金融機関に財産を隠し持っている可能性がある。前置きを変えるだけで、弁護士の態度もころりと変わります」

そういう前提で質問し直せということか。建前が重要な仕事なのだろう。千鳥の気が変わらないうちに、情報を引き出さなければ。

「夫が、いくつかの金融機関に財産を隠し持っているかもしれないのですが――」

「それは重要な情報ですね。支店名もあわせて教えてください」

とんだ茶番だと思ったが、千鳥の表情はいたって真剣だ。

私の預金口座や貯金口座を伝えると、どのような方法で弁護士が口座情報に辿り着くのかや、ヒントになり得る痕跡などについて、千鳥は具体的に述べていった。財産を見つけ出すための情報は、扱い方次第では財産を隠す取っ掛かりにもなる。

金融機関ごとに内容はさまざまで、よくここまで細かい情報を把握しているなと、説明を聞きながら私は感心した。

「ありがとうございます。とても参考になりました」

「不倫調査は、ご依頼いただけますか」

「ぜひ、お願いします」

千鳥は微笑んで、「契約書を作成してきます」と腰を浮かせた。スタッフがいないので、一人で全て対応する必要があるようだ。

ほどなくして戻ってきた千鳥は、透明のケースに入ったSDカードを机の上に置いた。

「これは？」

「待っている間に、先ほど見せていただいたメッセージのバックアップデータを、この中にコピーしてもらえますか。それと、ホテルの領収書もこちらで預かっていいでしょうか」

「了解しました」

慌ただしく動き回る後ろ姿を見つめていたら、「大切なことを説明し忘れていました」と千鳥は振り返った。

「何ですか？」

「他の探偵事務所のホームページと見比べればわかると思いますが、『成功報酬三十万円』というのは、なかなかに破格の料金設定です」

「存じ上げています」

「うまい話には裏があるものでして……」

「オプション料金はないと、先ほど言っていましたよね」

まだ契約書は作成していない。返答次第では、これまでの話はなかったことにしてもらおうと身構えた。

「一つだけお願いがあるのです」

私の返答を待たず、千鳥は続けた。

「探偵の助手を引き受けていただけませんか」

3

哲治の不倫相手は、『かな』とメッセージアプリでは登録されていた。

心当たりはなかったし、本名なのかも定かではない。顔写真が保存されていないか探したが、それらしきものはなかった。

前職の知り合いに聞けば何かしら情報を得られるかもしれないが、本人に伝わるリスクを恐れて二の足を踏んでいた。

千鳥に伝えたとおり、密会の日程調整はメッセージを通じて行われていた。曜日や時間帯に規則性はなく、哲治が提示した候補日の中から、『かな』が都合の良い日を選ぶというのが、基本的な流れだった。

その調整は、一週間ほど前に行われることが多かった。事前にメッセージを盗み見れば、密会のタイミングを把握できる。裏切りに気付いた当初はそう考えた。

何事もなかったかのように立ち振る舞い、隙を見つけて携帯を確認する。不用意な行動を取らなければ、不倫の現場を押さえられるだろうと思っていた。

だが、しばらく待っても、次の約束が取り付けられることはなかった。

突発的な外泊は続いているし、スーツについた香水の匂いも更新されていた。私の不審な行動に気付いたのか。けれど、携帯のパスコードは変更されていない。あえて泳がせているのかもしれないが、その目的がわからない。

あるいは、別の方法で日程調整を行うようになったのだろうか。

偶然、私が哲治の裏切りに気付いたタイミングで？

私の見立て通り不倫が続いているとしても、時期を特定できていない以上、千鳥の調査は難航するだろう。空振りに終わることも覚悟しなければならない。

そう思っていたのだが――。

『今夜、不貞の現場を押さえられるかもしれません』

わずか一週間後。千鳥から電話がかかってきて、そう伝えられた。私は自室で仕事をしていたが、思わず立ち上がってしまった。

「あのホテルですか」

『はい。十九時頃から張り込む予定です。ご予定は？』

「大丈夫です。行けます」

働いている会社の住所や、通勤に使用している車のナンバー、把握している限りの哲治のスケジュール。私が千鳥に伝えたのは、それくらいだ。

そこから、どうやってホテルを訪れる日程を特定したのか。

『怪しまれない程度に、変装してきてください』

「帽子と眼鏡くらいしかありませんが……」

『充分です。それでは後ほど、よろしくお願いいたします』


十八時四十分に指定された時間貸駐車場の一角に到着すると、シルバーのセダンが停められていた。運転席には黒いキャップを被った若い男性が座っていて、助手席に座るよう視線で指示された。

「猪俣遥貴《いのまたはるき》です」

渡された名刺には、「千鳥探偵事務所　スタッフ」と書かれていた。線が細く、爽やかな顔立ちなのに、声は低い。

「古浦です。よろしくお願いします」

「千鳥は後で合流する予定です。それまでは、僕と二人で動いてもらいます」

「お役に立てるかわかりませんが……」

探偵の助手を引き受けていただけませんか――。

調査を依頼するにあたって、私は千鳥にそう頼まれた。補足を求めると、尾行や張り込みなど複数人で調査にあたる際、人員が足りないことがあるので、同行して指示に従ってほしいという内容だった。

探偵には守秘義務が課されているため、突発的な依頼が入ったからといって、臨時のアルバイトに任せることは難しい。

その点、依頼者本人に手伝わせるのであれば、守秘義務の問題は生じない。また、ターゲットが変装している場合に本人であるか確認したり、行動範囲を予測したりといった臨機応変な対応も期待できる。

それなりに納得できる理由で、突拍子のない頼み事ではないことがわかった。

「千鳥はターゲットの会社の近くで張り込んでいて、随時連絡を取り合っています。ホテルに入るところまでは千鳥、それ以降は僕たちの担当です」

「ホテルの中に入り込むということですか？」

「はい。中にはレストランやバーもあるので、ホテル利用を裏付ける証拠も押さえておいた方がいいと千鳥が判断しました。受付を見渡せるロビーで待機します」

「そこで撮影するのですか」

ロビーでカメラを構えていたら目立つのではないか。

「既に、小型のカメラを仕込んでいます。視線を不自然に動かしてほしくないので、場所は伏せておきますが」

ペン型カメラや眼鏡型カメラによる盗撮への注意を促す張り紙を見たことはあるが、猪俣はそれらしきものを身につけていない。

「不倫相手が誰なのかも、既に突き止めているのでしょうか」

「僕は何も聞かされていません。指示に従って動いているだけなので。合流した後に千鳥に訊いてください」

「わかりました」

密会のタイミングを特定した経緯も知りたかったが、同じ答えが返ってくるだけだろう。

猪俣は口数が少なく、千鳥のように愛想の良いタイプの人間ではないようだ。

「注意点が一つだけ。僕たちは初対面ですが、ホテルに近付いたら距離を取りすぎないように注意してください」

「親しい間柄に見えるように、ということですね」

「はい。悪目立ちすることは避けたいので」

「了解しました」

一回り以上年が離れているはずだが、周りからはどう見えるのだろう。年下と接することには慣れている。普段通りの立ち振る舞いを意識しよう。

「では行きましょうか」

猪俣は無駄のないハンドル捌《さば》きでセダンを発進させた。道中、会話はほとんどなく、私はフロントガラスを見つめていた。

まさか、自ら不倫調査に参加することになるとは。千鳥の提案を引き受けはしたものの、いまいち実感が湧いていなかった。

　見ず知らずの女性とホテルに入る哲治を目撃したとき、私はどんな感情を抱くのだろう。憤《いきどお》りか、悲しみか、安堵《あんど》か——。少なくとも、平常心を保つことはできるはずだ。その光景を何度も思い浮かべてきたから。

「あのホテルです」

　猪俣が指さしたのは、十階くらいの高さで、グレーとブラウンのツートンの外壁が印象的なシティホテルだった。私は一度も足を運んだことがない。ラブホテルを利用していないのは、年齢的な気恥ずかしさが理由だろうか。

　駐車場にセダンを停めて、ホテルの自動ドアを通った。事前に言われたとおり、なるべく猪俣の近くにいるよう意識した。

　宿泊客であるかのように猪俣は堂々とロビーに向かった。受付を見渡せるソファに、私と猪俣は隣同士で座った。

　香水が嗅《か》ぎ取れるくらいの距離。バニラアイスのような匂いがした。

「しばらく待機なので、携帯を見ていても大丈夫です」

「はい」

「ターゲットらしき人物が現れたら声をかけます。それまでは、なるべく受付は見ないようにお願いします。向こうが仁望さんに気がついてしまうかもしれないので」

帽子と眼鏡で顔を隠しているし、それなりに距離も離れているけれど、気付かれる可能性はゼロではない。猪俣の指示に従うことにした。

約二十分後。「おそらく、ターゲットが来ました」と猪俣が言った。

「確認してもいいですか？」

「背を向けているので大丈夫です」

顔を上げる。受付に男女が立っていた。

「夫です。間違いありません」

後ろ姿であっても、見誤りようがない。ネイビーのスーツ、猫背気味の背中、白髪まじりの黒髪、中肉中背がぴたりと当てはまる体型。全てに見覚えがある。

「女性の方は？」

「……誰かわかりません」

茶髪のセミロング。小柄で、隣に立つ哲治を見上げている。私より五歳以上年下ではないか。記憶を探ったが答えは変わらなかった。

あれが『かな』なのか。

「携帯はマナーモードにしていますよね」

私が頷いたのを確認して、「仁望さんはここで待っていてください」と言いながら猪俣は立ち上がった。

受付に近付くのかと思ったが、違う方向に向かっていった。何をしているのだろう。困惑していると、携帯に電話がかかってきた。

恐る恐る通話に応じた。

『猪俣です。この後、二人はエレベーターに乗って部屋に向かいます。表示灯を確認して、何階で止まったか教えてください。そこから黙視できるはずです』

「えっと、猪俣さんは？」

『四階辺りの階段で待機しています。エレベーターの停止階がわかったら、階段で追いかけて部屋番号を確認します』

端的な説明だった。二人で動いているからこそ可能な役割分担だ。見逃すわけにはいかない。エレベーターの位置を確認して、哲治が近付くのを待った。

来た――。エレベーターに乗ったのは二人だけで、すぐに扉が閉まった。

「三階、四階……、五階で止まりました」

『ラッキー』

階段を駆け上がる足音。しばらく雑音が聞こえてから、通話が終了した。携帯をソファの上に置くと、手の平が汗ばんでいた。

冷静にならなければ。受付で横並びで立っていた哲治と見知らぬ女性。二人は、ホテルの一室に向かった。言い逃れはできないはずだ。

話し合いの場を設けるつもりはない。あの女性が何者かを知りたいとも思わない。最善の状況で離婚を成立させる。私の望みはそれだけだ。

「部屋番号がわかりました」

十分ほど経ってから、猪俣がルームキーを手に持って戻ってきた。

「その鍵は？」

「ターゲットの隣の部屋が空いていました。階段を上って通路に出たとき、二人がちょうど部屋に入るところでした。うまく撮影できているか微妙なので、念のために音声を押さえられないか試してみます」

「隣の部屋から録音するということですか？」

そう訊くと、猪俣は頷いた。

「仁望さんは、ここで待っていた方がいいと思います。ついてくると不愉快な思いをされるかもしれないので」

「——私も行きます」

「わかりました」

エレベーターに乗り、私は猪俣と共にホテルの一室に入った。

ダブルサイズのベッドの他には、テレビやソファなどが置かれている。隣の部屋も、同じレイアウトなのだろうか。

猪俣は部屋を見回してから、すぐに作業に取り掛かった。

残念ながら、室内での調査は功を奏さなかった。防音性が高く、壁に耳を当てても、隣の部屋の話し声や物音は聞こえなかった。

「ダメだな」

ベランダも設置されていなかったので、早々に猪俣は作戦変更の決断を下し部屋を出た。二人きりでホテルの一室にいる気まずさもあったので、反対する理由はなかった。

「チェックアウトは朝だと思うので、仁望さんはお帰りいただいて結構です。ここからは、僕と千鳥で対応します。ありがとうございました」

ホテルから出るところまで撮影できるのがベストだと、千鳥は言っていた。

「あの……、千鳥さんは？」

質問したいことがいくつもあった。

「転送した撮影データを確認しています。こっちに来るのは、夜中になるかもしれません。後日、千鳥から報告の連絡を差し上げます」

「では、帰らせていただきます。必要な写真は一通り撮れたんですよね」

「こう見えてもプロなので、安心してください」

初めて、猪俣が柔らかい表情を見せた。

「ご連絡をお待ちしております」

疲れていたからか、帰宅した途端に睡魔に襲われた。

何事もなかったかのように、哲治は翌日の昼前に帰ってきた。

スーツに不倫相手の香水の匂いをまとって。

その日の夕方——。私は最低限の荷物を持って、置き手紙も残さずに家を出た。

4

別居を開始したタイミングで、夫婦の財布は別々に扱われるようになる。

だから、不倫調査で充分な証拠が手に入ったら、家を出ようと決めていた。張り込み調査に同行したことで、確かな手応えを得ることができた。

一日でも早く自由になりたい。もはや迷いはなかった。

一時的に実家に帰ることも考えたが、私には行くべき場所があった。哲治の裏切りが発覚した直後、その先を見据えて、2LDKのマンションを新たに借りた。

必要最小限の家具や家電しか置いていない。時間をかけて理想の環境を整えていこう。

恋人との新生活が、ここから始まる。

家を出た翌日、会員制のバーで瑛音《えいと》と会った。二ヶ月以上振りの再会だ。顔を見ただけで胸が波打った。楽しみで、昨夜はほとんど眠れなかった。

「本当に会って大丈夫なの？」

不安気に瑛音は眉根を寄せた。金髪で眉毛も脱色している。

「ばっちり証拠を押さえたから安心して」

「僕たちの関係がバレたら……、どっちもどっちになっちゃうんじゃない？」

「婚姻関係が破綻した後は、新しく恋人を作ってもいいんだって」

「でも、本当は、何ヶ月も前から付き合ってるし……」

個室にもかかわらず、瑛音は声を潜めた。スパークリングワインを一杯しか飲んでいないのに、もう顔が赤い。その全てが愛おしく思える。

瑛音は私よりも十三歳年下で、二日前に調査に同行した猪俣と同い年くらいだ。

「不貞行為を立証するには、肉体関係があったことを明らかにしないといけない。どれだけ気を遣って瑛音と会ってたか、知ってるでしょ」

私と瑛音は、クライアントの制作会社が主催したパーティで出会った。インフルエンサーも多く参加していて、瑛音もその一人だった。

その際は名刺を交換して世間話をしたくらいだったが、後日、別の仕事で再会して、意気投合した。年齢も離れているし、共通の趣味があるわけでもない。それなのに話題が尽きず、一緒にいるだけで心地よかった。

何より、彼のクリエイターとしての才能に、私は魅了された。

中年の起業家と、若手インフルエンサー。恋愛に発展するとは思っていなかった。哲治の存在も、私は隠すことなく打ち明けていた。友人として、共通の知り合いとともに、何度か食事を共にする。その関係性で私は満足していた。

一線を越えてしまったのは、恥ずかしながらお酒が原因だった。

いつものメンバーでバーに行ったのだが、仕事が行き詰まっているストレスで飲みすぎてしまい、まともに歩けなくなった。瑛音が介抱してくれたのだが、目を覚ますと私はホテルのベッドの上にいた。

一夜限りにしたくないと瑛音に言われ、私も受け入れた。

「旦那さんにメッセージ見られたんですよね」

「それだけだよ。相手が誰かも突き止められていない。その日から瑛音とは会ってないし、尻尾も出してない」

すぐに携帯を取り返したので、メッセージのデータも保存できていないはずだ。

当然、不倫をしているのかと追及された。言い訳をしても無駄だと思い、無言を貫いた。

一週間ほど責められ続けたが、そこからは一切の会話がなくなった。

おそらく、哲治は不倫の証拠を集めようとしていたはずだ。

「旦那さんが不倫したのも、僕たちのせいなんでしょうね」

「悪いのは私だよ。わかってる」

冷戦状態が続いた後、哲治の不倫が発覚した。私の裏切りに気がついたことでタガが外れたのだろう。

「これからどうするつもりですか？」

「私たちはお互いに不貞を働いた。でも、証拠を手に入れたのは私だけ。哲治の不倫を理由に離婚を成立させる」

「向こうを悪者にするってことですね」

「戦争なんだよ。勝った方が正義」

どちらに不倫の原因があったか。その認定次第で、離婚の道筋は大きく変わる。

不貞行為の慰謝料。財産分与の話し合いでも主導権を握ることができる。妥協するわけにはいかない。最善の条件で離婚を勝ち取ってみせる。

「仁望さんもお金には困っていませんよね」

「この先、何が起こるかわからないから。財産の隠し方も依頼した探偵がヒントをくれた。絶対に失敗しない」

瑛音にも話していないことが一つある。私の会社の経営状況だ。

コロナ禍の影響で、大手の取引先をいくつか失ってしまった。会社の規模拡大で借入を増やしたタイミングと重なってしまい、返済で経営が逼迫《ひっぱく》していた。

倒産を検討するほどの段階にはまだ至っていない。ただ、現状を乗り切るにはキャッシュが必要だった。

金融機関から追加の借入は期待できない。瑛音を頼るつもりもなかった。財産分与を好条件でまとめられれば……。タワーマンションを哲治に譲る代わりに、購入後の高騰分も含めて、半分の価値を現金で支払ってもらう。私の財産は、分与の対象にならないように策を講じる。

再スタートを切るために、離婚を急ぐ必要があった。

「離婚が成立したら、こそこそ隠れて会う必要もなくなる」

「そうですね」

「一緒に住もうね」

「うん」

マンションを借りたことは、瑛音にも伝えてある。最後の最後でミスを犯すわけにはいかない。今日も、最善の注意を払ってここに来た。

「また連絡するから」

幸せは、目前まで迫っている。

歯車が狂い始めていることに気がついたのは、一週間ほどが経った頃だった。

まず、千鳥からの連絡が途絶えた。調査報告を待っていたのに、何ら音沙汰がなかったのである。電話をかけたが繋がらず、依頼が立て込んでいるのかとも思ったが、さすがに不安になり事務所を訪ねることにした。

しかし、事務所には誰もいなかった。

否。正確には――何もなかった。

場所はあっている。住所も、ビルの名称も、階数も、何度も確認した。しかし、千鳥探偵事務所があったスペースは、もぬけの殻となっていた。

入り口には鍵がかかっていて、私が訪れたときにはあった表札が外されていた。

その場にしばらく立ち尽くしてしまった。

何とか近くのカフェに入り、『千鳥探偵事務所』とGoogleで検索した。検索結果をどれほどスクロールしても、存在していたはずのホームページは見つからなかった。

何が起きているのか。

これまでの出来事を振り返るほど、不安は膨らんでいった。

千鳥からの連絡は、すべて電話だった。『千鳥暁』の情報をネットで調べたが、何もヒットしない。調査の成果物も、やり取りの記録も、手元に残っているものはない。

千鳥探偵事務所が存在しないのだとしたら――。

騙《だま》されたのか？　けれど、完全成功報酬制を謳っていたため、まだ一円たりとも支払っていない。それに、探偵事務所を偽装したのだとしたら、多額の費用が掛かったはずだ。

私は何も失っていない。だからこそ、現状が理解できず不気味だった。

哲治の様子を探るべきか……。露見したときのリスクを考えると、なかなか動き出せなかった。そうこうしているうちに、さらに一週間が経った。

爆弾は、郵便受けに投函されていた。

『不貞調査報告書』

その標題を見て血の気が引いた。一時期は待ちわびていた書類だった。だがそれは、新居の郵便受けに投函されていた。このマンションのことは、瑛音にしか話していない。

さらに、調査対象者の欄には、古浦仁望と記載されていた。

私を対象者とする不貞調査――。

ページを捲《めく》るのが怖かった。誤配達でも、悪戯《いたずら》でもない。私の現住所を調べあげて、書類を投函した。何らかの目的を達成するために。

私には心当たりがあった。瑛音との不貞である。

瑛音との関係には、細心の注意を払ってきた。哲治に携帯を見られてからは、ほとぼりが冷めるまで一度も会わなかった。

調査報告書を作成できるような写真を撮れたはずがない。

どうして、このタイミングで……。

私は不貞を働いていた。瑛音と密会を重ね、哲治を裏切り続けてきた。しかし、調査報告書に記されていたのは、捏造された不貞だった。

調査日は、約二週間前。シティホテルで張り込み調査を行った日である。

偶然ではない。不倫場所に仕立て上げられたのも、同じホテルだったのだから。

私がタワーマンションを出たところから、調査は開始している。帽子を深く被り、眼鏡をかけて——、人目を忍ぶような格好で歩道を歩く私が撮影されていた。

十八時四十分に、私は時間貸駐車場の一角に到着する。セダンの助手席に乗り込む私の姿。運転席には、黒いキャップを被った猪俣遥貴が座っている。

セダンはシティホテルの駐車場に入り、私と猪俣はホテルのエントランスを通る。悪目立ちすることを避けるために、なるべく近くにいるよう指示されていた。やり取りを知らなければ、親密な関係性に見えるだろう。

ロビーのソファに隣同士で座る写真。

そして、ホテルの一室に入る二人の後ろ姿の写真。

初対面の若い男とホテルに並んで入り、ましてや部屋に足を踏み入れるなんて……。まともな方法で誘われていたら、間違いなく断っていた。不倫調査という非日常的な経験のせいで、周りが見えなくなっていたのか。

写真の角度も、部屋に入るまでの流れも、計算し尽くされていた。

獲物を狩るハンターのつもりだった。けれど、獲物は私の方だったのか。

調査報告書に、猪俣の名前は記されていない。彼とはこの日に初めて会った。そう訴えたところで、信じる者は誰もいないだろう。おそらく、猪俣も共犯者の一人だ。瑛音と同年代の男をあえて選んだのかもしれない。

どこから、私は騙されていたのか？

小型カメラを仕込んでいると猪俣は言っていたが、それらしきものを身に着けている様子はなかった。おそらく、哲治に対する張り込み調査は行われていない。

私を罠に嵌《は》めるために、役者を揃えたのだろう。

張り込み調査への同行を提案し、猪俣と私を引き合わせた。そして、その翌日から行方をくらましている——。千鳥が主犯であることは、まず間違いない。

一方で、千鳥探偵事務所に電話をかけたのは私だ。相談者の中から、何らかの条件を満たした者を獲物に選んでいたのだろうか。

いや、この調査報告書を作成することが目的だったのだとしたら、初めからターゲットを絞っていた可能性が高い。

郵便受けに入っていたチラシすら、私を狙い撃ちしたものだった？

あのとき私は、探偵への依頼を検討していた。それはなぜか？　哲治の不倫に気がついたからだ。きっかけは？　香水やホテルの領収書を不審に思い、携帯を盗み見たこと。

メッセージでは、密会の日程調整が行われていた。肉体関係を裏付けるやり取りは記録されていなかったので、探偵に調査を依頼せざるを得ないと考えた。

香水の匂い、ホテルの領収書。典型的な不倫の痕跡だ。

そして、ちりばめられたヒントは、裏切りを確信するには足りるが、不貞行為の証拠としては不十分だった。

私が哲治の携帯を盗み見た直後から、メッセージでの密会の日程調整が途絶えた。

会社の経営難で資力に余裕がなかったため、時間制の不倫調査で多額の費用を支払うことは難しかった。

そんな折に、完全報酬制でありながら、業界水準からかけ離れた金額設定の探偵事務所の存在をチラシで知った。弁護士兼探偵という肩書のおまけまでついていた。

同じ状況に陥った人間であれば、高い確率で問い合わせの電話をかけるのではないか。話だけでも聞いてみよう。実際、私はそう考えた。

撒き餌《え》だったのか。

香水の匂いも、ホテルの領収書も、一連のメッセージも、郵便受けに投函されたチラシも。私を千鳥探偵事務所に導くための……。

張り込み調査でも、違和感を覚えるべき点はいくつもあった。

千鳥が密会のタイミングを特定できたのは、彼自身が日程を調整する立場にあったから。猪俣がホテルの部屋番号を特定できたのは、どの部屋を利用するのかを知っていたから。

哲治は、不倫というリスクを冒す人間ではない。自分の直感を信じるべきだった。

哲治の不貞行為は存在しなかった。私を裏切っているかのように見せかけて、大胆な行動に出させるための布石。まんまと私は騙された。

これで終わりだとは思えない。不倫の証拠は、私を追い詰めるための武器の一つにすぎないはずだ。

本命の一手が、間もなく打たれることになるだろう。

私はどこで間違えたのか?

あの日——、哲治に携帯を見られた瞬間だったのかもしれない。

5

妻の仁望が不倫をしているかもしれない。

そう疑い始めてからは、仕事も手につかなかった。杞憂なら杞憂で構わない。とにかく、白黒つけなければ……。仁望は口が達者なので、面と向かって追及するのではなく、携帯を盗み見ることにした。

仁望が風邪で寝込んだ日、ようやくチャンスが訪れた。

サイドテーブルに置かれていた携帯を手に取り、四桁のパスコードを入力した。飼い猫の誕生日。ロックが解除されたので、すぐにメッセージアプリを開いた。

『えいと』と表示された人物とのやり取りを見て、私は妻の不倫を確信した。


今すぐ会いたい、毎日会いたい。

また一緒にお風呂入りたいね。

バレるわけないよ。仕事にしか興味がない人だから。

旦那と別れたら一緒に住もう。いいなと思ってるマンション送るね。

あーあ。なんで結婚しちゃったんだろう。人生最大の失敗かも。


バックアップデータを保存しようとしたところで、『えいと』からメッセージが届いた。

焦って、私は携帯を落としてしまった。

「……何してるの？」

寝起きとは思えないほど、仁望の目は見開いていた。

「様子を見に来ただけだよ」

「返して」

素早く携帯を拾い上げて、仁望は息を吐いた。『えいと』からは、『大丈夫？　暖かくして眠ってね』とメッセージが届いていた。

「それ、誰?」そう私から訊いた。

「勝手に見ないでよ」

さらに仁望は「最悪——」と舌打ちをした。

「他に言うことがあるだろ」

「部屋から出て行って」

「不倫してるのか」

「……………」

「ちゃんと説明してくれ」

そこからは、私が何を訊いても仁望は口を開かなかった。

どんな弁解を並べ立てられても、あのメッセージを見てしまった以上、信じることはできなかっただろう。だから無言を貫くことにしたのか。

その日から、私は仁望と一言も言葉を交わしていない。

謝罪はおろか対話すら拒まれている以上、夫婦関係を修復することは不可能だった。離婚届を部屋の前に置いたが、何日経っても仁望が判子を押すことはなかった。

協議離婚に応じないのであれば、証拠を突きつけて離婚を成立させるしかない。

しかし、私がどう動くのかは仁望も予想できたはずで、ガードは格段に堅くなっていた。

不倫調査を探偵に依頼したが、一週間以上尾行しても何ら成果を得られなかった。

あのとき、メッセージのバックアップデータを手に入れていれば……。

日を追うごとに後悔が募っていった。

部長であるにもかかわらず、仕事でミスを連発してチームに迷惑をかけてしまった。様子を見かねた同期に食事に誘われ、私は事情を打ち明けた。仁望のことも知っている同期は驚いていたが、私の言い分を信じて協力を申し出てくれた。

──紹介制の解決屋がいるんだ。

その同期も、以前に依頼したことがあると言っていた。相談内容を他者に漏らさないことが依頼の条件らしく、詳しい経緯は訊き出せなかった。

──かなりのやり手だから話だけでも聞いた方がいい。

そこまで言われたら断れなかった。同期を通じて日程を調整してもらい、指定されたレンタルルームに私は赴いた。

そこで対面したのは、爬虫類顔の男性だった。名刺も渡されず、まずは相談内容を明らかにしてほしいと言われた。

妻が不貞を働いているため、証拠を手に入れたい。探偵に依頼したが、空振りに終わってしまった。もう他に打つ手がない……。

私の話を聞き終えた後、男は名刺入れを取り出した。そして、「今回は……、これかな」と言いながら一枚の名刺をテーブルに置いた。

『弁護士兼探偵　千鳥暁』

依頼の内容に応じて肩書を使いわけているようだ。千鳥暁もおそらく偽名だろう。

不倫相手の素性も、次の密会のタイミングも、不貞の証拠も、何一つ私は手に入れられていなかった。怪しげな人間だとわかっていながら、他に頼れる相手はいなかった。

「まず、『えいと』との不貞の証拠を手に入れることは諦めましょう」

相談の前提を覆すような提案だった。

「妻が不倫しているのは事実です」

「立証できなければ、不貞はなかったと認定されます。離婚を成立させる最短の道のりは、新たな不貞をでっちあげることです」

そんな調査が許されるはずがない。調査というより……、犯罪と呼んだ方が正確なのではないか。

「本気で言っているのですか」

「清廉潔白の配偶者を陥れようとしているわけではありません。不貞を働いた人物が、不貞を理由に離婚を請求される。不正義な結末ではありませんよね」

「不倫相手を別人にしようとしているんですよね」

「はい。不倫相手に復讐したい場合は、この方法はお勧めしません。そうではなく、離婚を最優先で考えるのであれば、これ以上の方法はないと思います」

私が赦せないのは、妻だけだ。不倫相手には興味がない。

「不貞のでっちあげなんて、どうやるんですか」

「得意分野なので、任せてください」

手段を選ばずにトラブルを解決に導く――。真相の解明ではなく、依頼者の満足を最優先に考えることが、探偵との違いだと千鳥は言った。

「どうして、私のことを信じてくださるのですか」

私の言い分だけを聞いて、千鳥は不貞の捏造を提案してきた。

「人を見る目には自信があります。それに、相談者を選別するための紹介制です」

提示された費用や報酬も、他の探偵事務所と比べて、法外に高い価格設定ではなかった。一度調査が空振りに終わっているため、資金的にも次がラストチャンスだ。

正面突破での解決は、もはや期待できない。

「よろしくお願いします」

「最善を尽くします」

具体的に明かされた千鳥の計画は、耳を疑うようなものだった。

仁望の不貞を捏造するために、私の不貞を餌としてぶら下げるというのだから。

不貞を匂わせる痕跡をちりばめて、探偵への不倫調査の依頼を検討させる。そこに千鳥が接触して、必要な情報を聞き出した後、ホテルでの張り込み調査の協力を求める。

その時点で綱渡りの計画だと思ったが、『無事に食いつきました』と千鳥から電話で連絡があった。

当日は、私にも役割が与えられた。いつも通り仕事を終えた後、ホテルの前で女性と合流してチェックインの手続を済ませ、指定された部屋に向かう。一連の動きを撮影されたら、それこそ不貞の証拠に他ならない。

千鳥を信じると決めたのだ。引き返す選択肢はなかった。

事前に伝えられていたとおり、ロビーには仁望が座っていた。帽子を被って眼鏡もかけていたが、すぐに妻だとわかった。

私を見張っているつもりの仁望を、千鳥が見張っている。二重張り込みが行われていたのである。

部屋に入って十五分ほどが経った後、『全てうまくいきました』と千鳥からメッセージで報告が届いた。一時間経ってから部屋を出てほしいと伝えられたので、初対面の女性と気まずい時間を過ごしながら、送られてきた写真に目を通した。

変装して自宅を出る写真。セダンの助手席に乗り込む写真。ホテルのエントランスを男と並んで通る写真。ロビーのソファに二人で座る写真。ホテルの一室に入る写真——。

さらに、メッセージと共に追加の資料が送られてきた。

『これで調査は終了です。ご健闘をお祈りします』

＊

「どういうつもり？」

仁望の声を聞いたのは何日振りだろう。『調査報告書は見た？』とメッセージを送ると、すぐに返信があった。

シティホテルのラウンジを指定して、二人で話をすることにした。二重張り込みが行われたホテルである。

「あんな若い男と不倫をしていたんだね。驚いたよ」

「しらばっくれないで。あなたが、あの千鳥って探偵に依頼したんでしょ」

「探偵に不倫調査は依頼したよ。それで、あの調査報告書が送られてきた。でも、千鳥って探偵は知らない」

仁望が会話を録音している可能性がある。迂闊《うかつ》な発言はできない。

「女と一緒にこのホテルに来てた。あいつらと一緒に私を嵌めたくせに。こんなことをしてタダで済むと思ってるわけ？　警察に相談するから」

「好きにすればいい」

仁望は助手として調査に同行していたにすぎず、撮影は別の人間が行うと説明を受けていた。証拠がなければ、警察に駆け込んでも相手にされない。

「私と猪俣って男の間には、何の接点もない。あの写真だけで不貞なんか認められない」

「証拠は他にもあるよ」

はったりだと思ったのか、仁望は足を組んで私を無言で睨んだ。鞄から取り出した領収書をテーブルの上に置いた。

「このホテルの領収書。見覚えがあるだろう？」

「あなたのスーツに入ってた――」

「宛名は古浦。ホテル利用を裏付ける証拠その二」

領収書の原本は、千鳥が相談時に預かった。下の名前は記されていない。二重張り込みとは別日の領収証だ。

「その日、私はホテルに行ってない。調べればすぐにわかる」

「警察なら、裏取り捜査をするだろうね。だけど、裁判所はそこまでは調べないらしいよ。弁護士が宿泊名簿の開示を求めても、ホテルは応じないだろうし」

「ふざけないで」

「極めつけは、『えいと』とのメッセージのデータ」

携帯の画面を見せると、仁望の表情が凍りついた。

「どうして、これが……」

「苦労したよ」

千鳥から送付されてきた資料には、メッセージのバックアップデータが含まれていた。

仁望が持ち込んだデータを受け取る名目で、千鳥は相談後にSDカードを手渡した。そこにマルウェアを仕込んでいたらしい。指定したアプリのバックアップデータを抜き取るマルウェアである。

「ホテルの領収書とメッセージ。そしてホテルに入る二人の写真。不貞行為を立証するためにはどんな証拠が必要か。探偵に相談したなら、説明を受けただろう？」

千鳥の計画は綿密に練られていた。全ての罠に、仁望は引っかかってくれた。

「これで勝ったつもり？」

頬がひくついている。ただの強がりだ。

「離婚が成立したら、財産も清算しないといけないね」

私の発言の真意を探るように、仁望は何度か瞬きをした。

「お互い、それぞれの資産には無関心だったから。別居前に隠されたら、見つけられなかったかもしれない」

「……………」

不貞行為だけではなく、財産分与についても、千鳥は活路を見出してくれた。

財産を隠すヒントを教えるという名目で、逆に情報を引き出したのだ。

「貯金については、銀行と支店名。株や投資信託については、証券口座。運よく、ヒントが手に入った。しっかり調べさせてもらう」

不貞行為を立証した方が、財産分与でも主導権を握ることができる。

「会社の経営が厳しくて――」

「知ったことじゃない」

現状を突きつけるために、私は仁望を呼び出した。

立ち上がり、私は告げた。

「今までありがとう。次は裁判所で会おう」

本当の闘いは、これから始まる。

インクリボン

*

真梨幸子

真梨幸子

（まり・ゆきこ）

1964年宮崎県生まれ。2005年『孤虫症』で第32回メフィスト賞を受賞しデビュー。'11年に文庫化された『殺人鬼フジコの衝動』がベストセラーになり、後にHuluにて連続ドラマ化された。'15年『人生相談。』で第28回山本周五郎賞候補。『向こう側の、ヨーコ』『三匹の子豚』『聖女か悪女』『シェア』『さっちゃんは、なぜ死んだのか？』『ノストラダムス・エイジ』など著書多数。

「まじで？」

わたしは、思わず叫んでしまいました。

「これ、ワープロのインクリボン？」

旧友と道でばったり邂逅《かいこう》したときのような驚きと懐かしさでした。

そう、部屋を掃除していたんです。

押し入れの奥から、開かずの段ボール箱が出てきて。段ボールには、1997/3と殴り書き。一九九七年といえば、はじめて一人暮らしをした年です。あれから二十数年。その箱はずっと開けられることなく封印されていたのです。その間に、三度の引っ越し、結婚、そして離婚を経験しているというのに、その箱だけは、一九九七年のまま時が止まっていたのです。

というか、わたしの記憶からすっぽり抜け落ちていました。

今の部屋に越してきたのが、三年前。そんな段ボール箱があったことすら気がついていませんでした。

っていうか。これ、本当にわたしの段ボール箱？

よくよく見ると、殴り書きされた日付の筆跡は、自分のものではない気がする。似てはいるが、微妙に違う。

二十数年も経てば筆跡は変わるだろうって？

いやいや。一度ついた癖って、なかなか修正がきかないものなんですよ。そうじゃないですか？

わたしの場合は、1と7がとても似ちゃうんです。1の左上の髭《ひげ》をどうしても長く書いちゃう癖があって、7に似てしまう。9という数字も、○の部分がちゃんとした○にならなくて、7に見えてしまうときがある。殴り書きをしたら特に。だから、1997って書くと、ぱっと見、7777に見えちゃうんですよ。これは小学生の頃からで、今もそうです。

なのに、その段ボール箱の日付は、誰がどう見ても、〝1997〟。

「じゃ、家族の誰かが書いたのかな？」

そう、それです。正解です。

たぶん、母が書いたんだと思います。

母は割と綺麗《きれい》な字を書いていました。なんでも、ペン習字を長年やっていたんだそうです。

昔は、雑誌の裏表紙とかにペン習字の通信講座の広告が載っていたんですよ。え？　今でもときどき見かけるって？　それです。

母は、雑誌の広告とかに弱いんです。わたしが記憶しているだけでも、SMチックな身長が伸びる器具、ほぼ下剤のダイエットドリンク、剣山のような美顔器、英会話がペラペラになる枕……などなど、怪しげなものが家の中に溢《あふ》れていました。

昔って、怪しげなものがよく広告になってましたよね。服が透けて見える眼鏡とか。……それは、父が買ってましたね、そういえば（笑）。

よくもまあ、そんな怪しげなものを雑誌に載せていたものです。雑誌だけじゃなくて、ちゃんとした新聞にも載っていましたよ。

そうそう、こんなこともありました。

母が内職をはじめるっていうんです。新聞の広告に載っていた、「宛名書き」の内職です。知らないかな。昔は、よく、新聞の下段に大きく広告が出ていたんですよ。「誰にでもできる仕事」とか「楽に稼ごう」とか、そういう広告が。

母はそのコピーに釣られて、応募しちゃったんですね。そしたら、早速、分厚い名簿が届いて。その中には、「登録料および名簿料」なる振込用紙も入っていて。「今から一週間以内に、振り込め」って。結構な金額だったと思います。十万円ぐらいだったかと。

そんなお金があったら、内職なんかに応募しませんって。

母は早速業者に電話して、キャンセルしようとしたんです。そしたら、「キャンセルしたら、この業界では一生働けなくなる」って脅かされたようです。しかも、「おまえの住所は押さえている。街を歩けなくなるぞ」とまで。

立派な恐喝です。母は怖くなり、まずは広告を掲載した新聞社に問い合わせたようです。

すると、うちとは関係ないと。警察にも相談したようですが、相手にされませんでした。今だったら、詐欺案件です。でも、当時は、法整備も甘く、社会全体がそういう詐欺を黙認していたというか。

追い詰められた母は、当時でいうサラ金に駆け込みお金を用立てて、振り込んだそうです。そのサラ金というのが、まあ、悪質で……。この件については、いつかまた、お話ししますね。

さて、段ボール箱に入っていたインクリボンの件です。

今の若い人はわからないかな。

今のようにパソコンが一般的に普及していなかった頃は、ワープロ専用機というのが主流だったんですよ。ものすごく簡単にいえば、ワードなんかのワープロソフトだけがインストールされた、プリンターと一体化した箱です。

うちにもありました。ノートパソコンを一回り大きくして厚くした感じの箱です。今でも愛用している人は少なからずいるようですよ。ワープロ機能だけに特化していますから、実は、パソコンのワープロソフトより優れている点も多いのです。予測変換や学習機能なんかは、ワープロソフトより上だったんじゃないかな。まあ、個人的な印象ですが。

で、一番の特長は、入力したデータをその場で印字できちゃうところ。あれは、便利だった。

……え？　想像がつかないって？　なるほど。……あ、あなた、テプラってわかります？　ほら、ラベルプリンターですよ。え？　しょっちゅう使っているって？　ですよね。あれ、便利ですよね。ラベルプリンターも、ワープロ専用機の仲間です。だって、入力データをその場で印字できるでしょう？

ああ、ようやく理解してくれましたか。

じゃ、ラベルプリンターの印字の仕組み、わかりますよね？　そう、テープカートリッジをセットすれば、自動的に印字してくれます。テープカートリッジの中身は、わかります？　ラベルでしょうって？　そうラベル。でも、ラベルだけじゃ印字はできない。インクが必要なんです。あの小さなカートリッジの中には、インクもセットされているんですよ。リボンという形で。だから、インクリボンって呼ばれているんです。ワープロ専用機は、そのインクリボンをセットすることで、印字することができるんです。

インクリボンは、手のひらに収まる小さなカートリッジの形で提供されていました。ラベルプリンターのカートリッジをもう一回り小さくしたイメージです。

そのインクリボンがね、その段ボール箱から大量に出てきたんですよ。

そう、〝1997/3〟と殴り書きされた段ボール箱から。

ガムテープを剝がして、蓋《ふた》を開けたとき、ぎょっとしましたね。その量に。

確かに、わたしもワープロ専用機は使っていました。なので、インクリボンも使っていました。特に、大学の卒論のときは大量に使いましたよ。だって、あれ、すぐになくなるんだ。

卒論といえば。こんなことがありました。

先輩の卒論がまるごとパクられてしまったんです。はじめは、フロッピーを盗まれたのか？　と思ったらしいのですが……え、フロッピーってなにかって？　……なるほど、なるほど。若い人はそこから説明しないとダメなんだ。……なんか、疲れるな。……あなた、パソコンでなにかデータを保存するとき、どのアイコンをクリックします？　四角いやつですって？　そう、それ。それが、フロッピー。正式には、フロッピーディスク、ＦＤ。記録媒体です。パソコンなんかの保存アイコンは、フロッピーを象《かたど》っているんです。

スマートフォンの半分ぐらいの大きさで、正四角形の記録媒体です。当時は、記録媒体は主にフロッピーでした。……だから、先輩は真っ先にフロッピーが盗まれたって思ったようです。でも、データが保存されていたフロッピーはちゃんと手元にありましたし、じゃ、コピーされたのか？　と顔面蒼白《そうはく》になりましたが、どうやらそれも違いました。

なんと、インクリボンを盗まれたのです。フロッピーのセキュリティに慎重になっている人も、インクリボンの扱いは杜撰《ずさん》でした。使用後は普通にゴミとして処分していました。でも、実は、使用済みのインクリボンはデータの集合体なんです。

インクリボンをよくよく見てみると、印字した文字が見えるんですよ。え？　なぜかって？　熱転写って聞いたことあります？　インクリボンのインクを熱で溶かして紙に転写することで印字する方式。なので、転写された部分のインクが抜けて、透かし彫りのようになるんです。つまり、印刷したデータそのものがインクリボンに残ってしまうんです。……ちなみに、昔のミステリー小説なんかでは、使用済みインクリボンがよくトリックで使われたりしたんですけどね。

で、先輩の論文は、インクリボンから情報が流出してしまったというオチ。その事件以来、うちの大学なんかではインクリボンも厳重に処分しなくちゃね……という話になったんですけど、なにしろ三十年近く前の話だから、今ほどデータ流出のセキュリティには関心がなくて。普通にゴミとしてそこら辺のゴミ箱に捨てる人は後を絶たなかった。

言うまでもなく、一般家庭なんかは、もっと杜撰だった。

わたしもそうです。リボンが終了すると、ぽいとゴミ箱に捨てていた。わたし、こう見えて、割ときれい好きなんですよ。ゴミをためるっていうのができなかった。だから、こまめに捨てていたんです。

なのので、段ボール箱の中にあるインクリボンは、わたしが使用していたものではない。それは断言できます。

え？　ということは、その段ボール箱に入っていたのは、使用済みのインクリボンだったのかって？　あ、言ってませんでしたっけ。そうです。すべて、使用済みのインクリボン。それが、……少なく見積もっても五百本は入っていました。みっちりと、隙間なく、詰め込まれていました。

間違いなく、これは自分のものではないと思いました。

じゃ、誰の？

やっぱり、母が怪しい。

どう考えても、母が疑わしい。

だとしたら、なんで母はこんなゴミをわたしの荷物に紛れ込ませたのか。それとも、引っ越しのどさくさで、間違ってわたしの荷物に紛れ込んでしまったのか。今となっては、確かめようがありません。母は死んでしまいましたから。

いずれにしても、脱力してしまいましたね、それを見たときは。なんで、わたしはこんなゴミを後生大事に引っ越しするたびに運んできたのかってね。と、同時に、なんでもっと早く箱を開封しなかったのかって。でも、そういうの、よくあることじゃないですか。あなたの家にも、何年も封印したままの段ボール箱、あったりしませんか？

ある？　でしょう？　そういうものですよね。

とにもかくにも、脱力したわたしは、このゴミをどう処理するか迷いました。ここまで多量だと、通常のゴミの日には出せない。じゃ、どうするんだ？　と途方に暮れていると、インクリボンの文字の跡が、なにやら住所であることに気がつきました。年賀状の宛名を印字したんだろうか？　などと思いながら、試しに他のインクリボンを見てみると、やはり、住所です。「え?」と思いながら、次々とインクリボンを確認していくと、なんと、すべてが住所でした。そう、そこにあった五百本超えのインクリボン、すべてに住所を印字した痕跡があったのです。

そのとき、ある記憶が唐突に蘇《よみがえ》りました。

そういえば、うちの母親、なにか怪しい内職に応募していたなって。

宛名書きの内職で痛い目に遭っていたというのに、母はまた、内職商法にひっかかったんです。

それは、「簡単なデータ入力で大儲《おおもう》けしよう」とかいうコピーだったと記憶しています。そんな新聞広告に印が付いていたことがあったんです。しばらくすると、大きな荷物が届きました。ワープロ専用機です。振込用紙も添付されていて約五十万円の数字が印字されていました。典型的な、内職詐欺ですよ。内職と称して、その実は、ワープロやパソコンなどの高額な機器を売りつけたり、講習料を巻き上げたりするやつです。

ああいうのって、今も形を変えて存在しますが、どうして、駆逐《くちく》されないんでしょうかね。

ま、騙《だま》される人がいるからでしょうね。

しかし、なんで騙されるんだろうな……。

わたし、思うんですけどね、詐欺事件がなくならないどころか　どんどん凶悪になるのは、騙される側にも原因があると思うんですよ。

たとえば、心霊動画。誰がどう見てもやらせなのに、一定数は騙されるやつがいる。動画を作っているほうとしては、困惑ですよ。なんで、こんな子供騙しを信じるんだって。しかも、もっともっと過激さを要求してくる。作る側もそれに応えてしまう。手品もそうですよね。タネがあるっていうのが大前提なのに、魔法だ超能力だと勝手に受け手側が信じてしまう。そして、これにはトリックがありますとタネ明かしすると、「騙された！」と被害者面。宗教も同じようなものですよ。人類が滅亡するだの神に選ばれし民だの、なんでそんなものを素直に信じるんだって。信じるやつ、騙されるやつがいるから、騙すほうもどんどんエスカレートしてくる。詐欺師を駆逐するより先に、簡単に信じて騙されるやつを駆逐したほうが早いんじゃないですかね。

ああ、すみませんね。話が脱線してしまいました。

インクリボンの件でしたね。

母が残した、大量の使用済みインクリボン。それはすべて、住所と名前を印字したものでした。電話番号もありましたから、たぶん、名簿をプリントしていたんではないでしょうか。

母は、名簿作りのアルバイトをしていたようです。

一九九七年といえば、個人情報が今ほど守られている時代ではありませんでした。まだまだ開けっぴろげな時代でした。知り合いに出版社で働いていた人がいるんですが、言ってましたっけ。昔は、懸賞などで送られてくる大量のはがきを名簿屋に売って、飲み会の費用の足しにしていたって。そういうのは、どこの会社でも普通に行われていたようですよ。電話帳には個人の名前と電話番号が普通に掲載され、昭和時代にいたっては、芸能人の自宅の住所が週刊誌とかに平気で載っていたとも聞きます。そんな時代を知っている世代から見たら、今の状況のほうが異常に映るのかもしれませんね。

母もそんな世代の一人です。だからなのか、個人情報に関する意識は、ゆるゆるでした。

いつだったか、ワープロを打ちながら、

「いやだー、小説家の×××の住所だわ。さすが、売れっ子ねー、いいとこに住んでる」

なんて、騒いでいたことがあります。

しかも、その家をわざわざ訪ねて、サインをもらっていましたっけ。

今思えば、送られてきた名簿にその小説家の名前があったんでしょうね。

他にも、女優、スポーツ選手、漫画家など、有名どころの自宅住所のデータがあったようです。それを見つけるたびに、近所の仲良しさんと情報を共有していましたっけ。つくづく、牧歌的な時代です。

ということは、そのインクリボンに刻まれた個人情報は、結構なお宝なのでは？　……そうなんですよ。二十数年以上前の情報とはいえ、それなりに価値があると思います。

わたし、なんだか興奮してしまいましてね。

インクリボンに刻まれたデータを拾い出して、一覧表にしてみたんです。

いやいや、ただの好奇心ですよ。それを悪用しようとはまったく思っていませんでしたよ。……暇でしたしね。時間だけは売るほどありましたので。

百本を過ぎた頃でしたでしょうか。それまでの住所データとはちょっと違う文字群が現れたんです。

それは、母が入力したと思われる、請求書でした。アルバイト代の請求だと思われます。請求先は、母にワープロを売りつけた詐欺業者。そんなとこに請求したところで、お金なんて払われるはずがないのに、母は繰り返し、同じような請求書を印刷していたようでした。

そこで、ふと、思ったんですね。

母は、著名人のデータも含む名簿の元データをどこで仕入れてきたのかって。

はがき宛名書きの内職で騙されたとき、業者から名簿らしきものが送られてきましたが、今回もそうなのだろうか？　と。

ひとつ疑問が湧くと、好奇心もどんどん肥大してきました。

わたしは、請求書に印字されていた、業者の名前と住所を頼りに、それを探ってみようと思い立ちました。……暇でしたからね。

言うまでもなく、そんな業者、見つかりませんでした。というか、過去に遡《さかのぼ》っても存在すらしていませんでした。完全なる幽霊法人。でも、住所だけは実在していました。西新宿《にししんじゅく》にある築五十年を超えた古い雑居ビルです。怪しい闇金とか風俗関係の事務所でも入っているのかと思いきや、ストリートビューで見る限り、最上階の七階から一階まで、すべてクリニックが入っていました。いわゆる、メディカルビルです。たぶん、住所を無断で悪用されたんだろうな……と思ったのですが、三階だけちょっと気になりまして。歯医者が入っているようなんですが、営業している様子がない。

で、わたし、実際に行ってみたんですね。……暇なので。

再開発と再開発の狭間《はざま》にあるような、ちょっとわちゃわちゃした通りに、そのビルはありました。

で、問題の三階。歯医者の看板はなくなり、不動産会社が入っていました。メディカルビルに不動産会社。ちょっと違和感がありましたね。と、同時に、ぴんときました。たぶん、この不動産会社が、ビルのオーナーなのではないかと。早速、不動産登記簿を取り寄せてみました。ビンゴでした。

登記簿によると、母が騙されて内職していた一九九七年当時は歯医者がビルのオーナーでしたが、その五年後に今のオーナーに所有権が移っています。ちょっと試しに今の不動産会社の法人登記簿もとってみたのですが、なんと、最初のオーナーである歯医者と今のオーナーである不動産会社の社長は同一人物でした。九十歳を超えた高齢者なので、歯医者を廃業して不動産会社に転身したのかもしれません。それとも、歯医者は表の顔でそもそもが不動産会社だったのかもしれません。いずれにしても、この高齢の社長が鍵を握っている。

鍵を握っているって。……なんかちょっと大袈裟《おおげさ》ですね。我ながら、「なにやってんだ」って、苦笑いしてしまいました。母が入力していた個人データはどこで仕入れたのか。そもそもはそんな小さな疑問です。登記簿を取り寄せたり、実際に足を運んだりする程のことではない。一九九七年当時は、卒業アルバムや卒業生名簿が普通に売買されていたような時代です。近所の古本屋でも売ってましたよ。だから、仕入れようと思えば、素人でも割と簡単に仕入れることができたんです。ビルの裏のゴミ集積場には、名簿が古新聞とともに捨てられていたりもしていましたから。

だから、そんなに血眼《ちまなこ》になることもなかったのですが、なんなんでしょうね。妙に気になったわけなんですよ。

だって、仮にですよ。ビルのオーナーもしているような人が、内職詐欺にかかわっていたら大事じゃないですか。今は手を引いていたとしても。

いや、だからって、そんなことを突き止めたところで、どうしようというのだ？……自己満足でしかない。そう、自己満足。それのなにが悪い。なにもせずに、無駄に時間をやり過ごすよりは、よほど有意義なことじゃないか。なにより、こういう探偵ごっこ、一度やってみたかったのだ。……わたしは、そう自分の行動を正当化して、そのオーナーの周辺をかぎまわっていました。

オーナーの名前は、蘇芳虎太郎《すおうこたろう》。

一九××生まれの、現在、九十五歳。神楽坂《かぐらざか》で代々歯科医を営む家に婿《むこ》養子に入る。一九七×年、西新宿に今のビルを建てて、タイガー歯科を開業。その一方で、使っていない部屋をテナントとして貸し出し、不動産業もはじめます。年収は多いときで四億円。そのほとんどが、不動産からです。虎太郎は当該ビルの他にも都内にいくつか小さなビルを持ち、マンションの部屋もいくつか所有していました。その家賃収入だけで年に三億円以上になっていました。

ところが、バブルの崩壊。虎太郎が所有しているビルの資産価値もだだ下がり。不良債権となってしまいました。十数億の借金を背負うことになります。その頃から、なにやら、反社会勢力の影がちらほらしてきます。そう、筋の悪い組織からお金を借りるようになるんです。一九九七年は、まさにそんな時期でした。

うん？　と思いましたね。こりゃ、掘ったらとんでもないものが出てくるんじゃないかって。たとえば、反社に脅されて悪事の片棒を担がされている可能性もあるって。

実は、そのビルで以前、身元不明の死体が発見されたことがあるんですよ。非常階段の踊り場で。事故物件サイトにそんな記述がありました。で、気になって、当時の新聞やら週刊誌やらを取り寄せたんです。今は、便利な時代になりましたよね。コンビニで、過去の新聞のコピーを取り出すことが出来る。でも、週刊誌となるとちょっと足を使わなくてはなりません。世田谷区にある、古今東西の週刊誌を集めている図書館に何度か通いました。

身元不明の死体のニュースは、そんなに大きくは扱われていませんでした。新宿を根城にしているホームレスが無断でビルに入り込み、凍死したらしい……ということで解決しているのですが。そう、新宿ではよくある、行旅死亡人《こうりょしぼうにん》です。でもね。その事件が起きたのが、一九九七年だったんですよ。

なんか気になるでしょう?

わたしも、気になりました。本当に、ただの行旅死亡人だったのか。で、当時の週刊誌を片っ端から調べたというわけです。有料ですからね、結構なお金を使ってしまったのですが、まあ、しかたありません。好奇心を満たすには、いつだってお金は必要です。

で、ねつ造記事ばかりを書くことで有名なYという週刊誌に行き着きました。今は廃刊になっているのですが、覚えている人も多いのではないでしょうか。宇宙人現るとか口裂け女の正体とか、そんなバカバカしい記事ばかり掲載していた雑誌で、だからこそ、サブカル層の間では人気があったのです。ときには、他のマスコミでは絶対扱わないような皇室ネタとか深掘りしてみたり、未成年犯罪者の名前を発表してみたりとか、割と社会派の一面もありました。

で、その雑誌Yに、西新宿のビルで見つかった死体の記事が掲載されていたのです。

死体の指先はすべて皮が剝ぎ取られていたっていうんです。いつものねつ造かもしれませんが、やけにディテールが細かい。雑誌Yには警察関係者のたれ込みも多いという噂《うわさ》も聞いたことがあるので、あるいは、公表されていない警察資料をこっそり取り寄せたのかもしれません。いずれにしても、指先の皮をすべて剝ぎ取られていたということは、身元を徹底的に隠したいということです。……わたしの好奇心は絶頂に達しました。やはり、ただの野《の》垂《た》れ死にではない。

その記事には、ある予想が展開されていました。これは、ある詐欺事件と関わりがあるのではないかと。

なんでも、そのビルにテナントとして入っていた美容外科の院長Xが詐欺事件に巻き込まれて、その前の年に自宅マンションで自殺しているんだそうです。その詐欺事件も、気になっちゃいましてね。調べてみました。……ありました。新聞では小さな記事でしたが、いくつかの週刊誌が割と大きく扱っていまして。というのも、当時、ある俳優がM資金詐欺にひっかかってスキャンダルになっていたんですよ。

M資金、ご存知ですか？　最近の若い子は知らないかな。戦後、日本軍から没収した莫大な隠し資金ですよ。その資金は数兆円とも言われていて、今もある組織の管理のもと運用されている……ということになっているんですが、それが実在するのかしないのかは、闇の中。でもね。わたしは実在すると思いますよ。だって、実在するから、M資金をかたった詐欺に、今でも多くの富裕層や著名人がひっかかるんじゃないですか？　M資金詐欺、検索してごらんなさい。セレブや名のある経営者たちが被害者として次々とヒットしますから。

え？　M資金をかたってどうやってお金を騙しとるのかって？　いろんな手口があるのですが、スタンダードな手口はこうです。……私はM資金を運用しているとある組織の使者です。あなたは組織に選ばれた。あなたこそは日本の将来を担う経営者だ。ここに十億円ある。ぜひあなたに使っていただきたい。これであなたも、日本のトップ経営者の一人だ。……などと言って、対象者の選民意識とプライドをくすぐります。その気になった対象者に、「十億円を融資するには、その一割にあたる一億円分の印紙が必要です。ご用意ください」と、一億円振り込ませる。……そして、そのまま姿をくらませる。え？　そんなのにひっかかるやつがいるかって？　それが、いるんですよ。それもたくさん。

振り込め詐欺が弱者を対象としている詐欺だとしたら、M資金詐欺は富裕層を対象にした詐欺です。その手口《スキーム》はとても似ていて、役者がたくさん用意されます。たとえば、弁護士、銀行の頭取、時には元皇族……などの役者を揃《そろ》えて、被害者を巻き込むんです。

振り込め詐欺の被害者に対して、「なんでそんなバカバカしい詐欺にひっかかるんだ」と笑う人がいますが、社会的地位が高く頭がいいとされる層でも、この手の方法で搦《から》め捕られたら、逃げられません。頭の奥のほうで「騙されているのかも？」とわかっていても、「いやいやそんなことはない、自分が騙されるはずがない」と勝手に正当化して、自ら詐欺に加担していくんです。

あ、すみません、また話が脱線してしまいましたね。

美容外科クリニックの院長Xが自殺した件に戻りますと、院長Xは、M資金詐欺にひっかかり、三億円、騙し取られます。……ご存知ですか？　医者って、この手の詐欺によく騙されるんですよ。被害にあってもプライドが邪魔して被害を訴えないので、詐欺師としては美味《おい》しい対象者らしいですよ。事実、ワンルーム投資詐欺に引っかかっているのは、多くは医者です。頭のいい人ほど、案外、引っかかっちゃうんですよね。

ああ、ごめんなさい、ごめんなさい、わたしの悪い癖です。すぐに脱線してしまうんです。

……で、院長Xがなんで自殺したかというと、三億円を騙し取られただけではなくて、自ら詐欺師側に対象者を紹介していたからなんです。紹介マージンをとっていたようですね。Xを信じてお金を振り込んだ人は十人とも二十人とも。で、その院長は任意で取り調べを受けるんですが、知らないうちに自分が詐欺師側になっていたことを知らされプライドをズタズタに傷つけられて、取り調べ後に自殺したと言われています。

Xが自殺したことにより、この詐欺事件は有耶無耶《うやむや》になっちゃうんですが、実は、そういう根の深い事件だったんじゃないかと言われていたんです。……それこそ、触れてはいけないアンタッチャブルな事件。そんなときに、例のビルで身元不明の人物が亡くなった。

なんか、怪しいですよね？

なのに、行旅死亡人として片付けられた。……めちゃ怪しいですよね？

で、わたし、気がついちゃったんですよ。母が残した、インクリボンに刻まれた文字。……美容外科の院長Xの名前もあったんです。

もしかして、これ。……M資金詐欺のターゲットリストなんじゃないかって。もっといえば、詐欺グループが作った名簿なんじゃないかって。

で、名簿にあった人物の何人かをピックアップして、探してみたんです。

驚きましたね。二十人ほど探したんですが、大半は、かつては会社や病院を経営していた人でした。で、そのうちの五人が、不審死でした。二十人中五人ですよ。すごい割合じゃないですか？

で、存命している人の一人に会ってみたのですが、案の定、その人も詐欺被害に遭い、数億円を騙し取られていました。

間違いないと思いましたね。

インクリボンに刻まれた名簿は、カモリストだったんです。しかも、カモは、すべて超富裕層。

と、いうことは、蘇芳虎太郎が元締めの可能性もある。

だって、母にリスト作成を発注したのは、蘇芳虎太郎なんですから。

ところで。……実は母も不審死だったんです。事故死ということで片付けられましたが、わたしはいまだに納得していないのです。もしかしたら、誰かに殺害された？　そんな疑惑がずっとつきまとっているのです。

　母の死後、わたしはうつ病を患いました。それが原因で、仕事も辞めさせられ、離婚もすることになりました。母の死とうつ病は関係がないとずっと思っていましたが、今になって思えば、無意識のうちに母の死を引きずっていたのかもしれません。自分が思う以上に、深刻な形で。

　そう思ったら、もういてもたってもいられなくなりました。

　自分の人生を取り戻すには、蘇芳虎太郎を成敗するしかない。

　今度はそんな思念に囚《とら》われてしまいました。

　だからって、殺害しようなどとは思いませんよ。そんなことをしたら、本当に人生、終わってしまいますからね。これ以上、蘇芳虎太郎に人生を壊されたくはない。

　なら、どうやって成敗する？

　法廷に引きずり出して、法の裁きに委ねる。それしかないと思いました。

　で、あれこれと計画を練っていたときですよ。

　あの事件が起きたんです。

　そう、先月、西新宿のビルで起きた火災事件です。

　三十二人が死亡し、四人が負傷した、大惨事。

　あのビルこそ、蘇芳虎太郎のビルなんですよ！

蘇芳虎太郎は、あの火災で死亡しました。どうやら、火災当時、ビルの三階にある、不動産会社の事務所にいたようです。

おかしいでしょう？　蘇芳虎太郎は、九十歳を超えた、超高齢者です。しかも、要介護の身。仕事はとっくに引退して、高齢者施設に入っていました。なのに、なんで、あのビルにいたのか？　そして、あのビルにいたときに、なんで火災が起きたのか？　ただの偶然なのか？

火災の原因は、今もって、はっきりしていません。放火の可能性があるとも、電気配線から出火したとも、いろんな噂がありますが、いまだに特定されていないのです。

表向きは。

そう、表向きは「未確定」ということになっていますが、実際は、放火で間違いないだろうと言われています。

あるフリージャーナリストからこっそり聞いたんですけどね。あの火災は、証拠を消すためだったとか。証拠というのは、蘇芳虎太郎が握っていた名簿です。蘇芳虎太郎は、裏で、大量のカモリストを運用していました。中には、絶対に表に出してはいけない名簿もあったとか。通称、〝Kリスト〟。なんの〝K〟かですって？　さあ、なんだと思います？

〝キケン〟リストってことで、〝K〟リスト。

いやいや、笑うところじゃないんですって。本当にヤバいリストなんですって。その話を聞いたとき、震えが止まりませんでしたもん。これが公表されたら、日本、いや、世界中が大騒ぎになるだろうな……って。

いずれにしても、蘇芳虎太郎は、持っていてはいけない名簿を持っていたというわけです。だから、ずっと命を狙われていたそうです。でも、蘇芳虎太郎は名簿を盾に、自身を守ってきた。そう、名簿は、蘇芳虎太郎にとっては、護身用の鎧《よろい》でもあったわけです。

が、敵は、そんな蘇芳虎太郎を鎧ごと焼き尽くしてしまいました。

そうなんです。名簿もまた、焼失してしまいました。もうこの世にはありません。

表向きは。

でも、実際には、名簿は残っているのです。「インクリボン」という形で。

いうまでもなく、持っているのは、わたしです。

ですが、わたしは、これを保持し続ける自信がないのです。命を狙われたくないですからね。……わたし、再婚を考えているんですよ。次の結婚は、失敗したくない。平穏に暮らしたい。だからこそ、母が残したインクリボンは重荷なんです。

今のところ、このインクリボンの存在を知る人はいません。わたしと、あなた以外には。

どうですか？　インクリボン、引き取っていただけませんか？

このインクリボンは、使いようによっては、数十億円の価値があります。……なら、わたしが使えばいいだろうって？　いやいや。わたしは、ただの一般人ですから。一般人には使いこなせない。その筋の人でなければ。

そういう意味では、あなたは、使いこなせる人だとお見受けします。ですから、声をかけさせていただいたのですが。

あー、でも、無理にとは言いません。

実は、他にもお声をかけている方がいるんですよ。その人とは、明日、会うことになっています。その人はかなり前のめりになっていましてね、この話をしたら、間違いなく、商談成立すると思います。二百万円出してもいい……というようなことをおっしゃっていました。

でも、わたしは、あなたのような若い人にこそ、活用してほしいと思いまして。あなたのお仕事を何百倍にも拡大できるものだと思ったんですよ。……だから、お声をかけたんです。

もちろん、無理強いはしませんよ。お断りくださっても大丈夫です。インクリボンは、明日お会いする人にお譲りしますので。

でも、本音を言えば、明日お会いする人は、ちょっと、苦手なんですよね。年に十億円ほど荒稼ぎしている人なんですが。人として好きじゃないんですよね。……とはいえ、二百万円は、大きいですよ。結婚資金にもなる。なので、その人に、譲ろうかと思います。

え？

インクリボン、三百万円で引き取ってもいいって？

本当ですか？

いやー、それは嬉しいな！

やっぱり、あなたのような若い人に、引き取ってもらいたいと思っていましたから。

でしたら、早速、振込用紙を送らせていただきます。入金が確認できたら、インクリボン、お送りしますね。

＋

「それで、三百万円を支払ったんですか？」

南新宿警察署、取調室。

目の前に座るのは、井草《いぐさ》香織《かおり》と名乗る女だ。いわゆる「頂き女子」だ。

頂き女子。そんなふんわりとした名前ではあるが、れっきとした、詐欺師だ。恋愛感情を利用して、男性から金員を騙し取る。

警部補の田代圭造《たしろけいぞう》は、なんともやるせないため息をついた。

ここのところ、立て続けだ。自分の娘とほぼ同じような歳頃《としごろ》の「頂き女子」が、次々と検挙されている。

まさか、うちの娘も……と嫌な想像が浮かんでは、田代を歯軋《はぎし》りさせる。

「田代さんの娘さんは大丈夫ですよ。真面目ですから」

などと同僚は言ってくれるが、真面目な娘ほど、危ないのだ。事実、この取調室にくる「頂き女子」の大半は、真面目な娘だ。家庭環境も優良、学歴も高い。なのに、なんで、こんな詐欺行為に走るのか。

いうまでもない。きっかけは、ホストだ。

ホストの「売掛金メソッド」にハマり、風俗や犯罪に堕《お》ちる娘は、たいがい、真面目なのだ。真面目に売掛金を支払おうとして、ホストに言われるがまま、風俗の門をくぐる。また、それが、いわゆる「頂き女子」だ。同じ詐欺行為でも結婚詐欺と違うところは、頂き女子が稼いだお金は、すべて、ホストに貢《みつ》がれる点だ。

ホストの売掛金問題をどうにかしないことには、日本中の若く真面目な女の子がどんどん堕ちていく。

「刑事さぁん、もう悪いことはしませんからぁ、帰してくださいぃぃぃ」

井草香織が、あからさまな泣き落としで田代に迫ってくる。

「しょーまに会いたいんですぅぅぅ」

しょーまとは、井草香織がハマっているホストの高峰《たかみね》のことだ。

「まあ、あなたは今日中には釈放となりますよ」

田代が言うと、

「ほんとうですかぁ？」

と、井草香織の目に星がいくつも輝いた。

「でも、高峰とは当分、会えないだろうがね」

「なんでです？」

「高峰は、恐喝罪及び詐欺罪で取り調べ中。で、あなたは、参考人として呼ばれただけだからね」

そう、井草香織は「頂き女子」ではあるが、被害者から訴えられたわけではない。どんなに金を騙し取ろうとも、被害者が井草香織を信じていて自ら金を与えたと思い込んでいるうちは、井草香織は犯罪者ではないのだ。

井草香織が警察に呼ばれたのは、高峰の犯罪を裏付けるためだった。

高峰は、ホストという仮面をつけて女性を騙していた一方で、「お金配り詐欺」にも手を染めていた。

「お金配り詐欺」とは、SNSなどで、「余命宣告されました。自分の資産をみなさまに配ります」「宝くじに当たって十億円手にしました。みなさまにもこの幸運をお分けします」などといってお金が欲しい人を募集し、応募してきた人から入金先の口座番号を聞き出し、その口座を特殊詐欺に使用する手口だ。

先日も、こんなことがあった。

ある女性に、

「当選しました！　五万円振り込みますので、口座番号をお教えください」

という連絡が来た。女性が口座番号を教えると、二日後に百五万円が送金された。なにかの間違いか？　と思った矢先、お金配り詐欺師から「間違って多く振り込んでしまいました！　百万円を返金していただけますか？　巣鴨《すがも》駅の改札でお待ちしています」と連絡があり、指定された通りに百万円を持参して、巣鴨の改札に現れた人物に返金。が、実はそのお金は振り込め詐欺の被害者から入金されたもので、女性は「受け子」として逮捕された……という事件だ。本人は知らないと泣き崩れたが、結局は送検されて、来月にも裁判がはじまる。

特殊詐欺の手口は年々、巧妙《こうみよう》になる。知らず知らずのうちに、その一端を担わされることもある。

高峰というホストもまた、その一端に過ぎないのだろう。とはいえ、積極的に「お金配り詐欺」に加担したのだから、タチが悪い。

その高峰を取り調べているときに、「インクリボン」という単語が出てきた。

なんでも、超弩級《ちようどきゆう》のカモリストなのだという。それを三百万円で購入したと、三百万円は、バカな女に出させたと。

そのバカな女というのが、目の前の井草香織だ。

「しょーま、言ってたもん。この名簿が手に入れば、おれはようやく独り立ちができる。一国一城の主になれるって。そしたらホストもやめて、お前と結婚するって」

一国一城の主だって？　つまり、超弩級の名簿を元手に、自分を中心とした新たな詐欺組織を作ろうとしていたわけか。

バカ丸出しだな。

高峰、お前は騙されたんだよ！　そう言ってやったが、高峰は納得しなかった。

だから、さらに言ってやった。

「あのインクリボンは、確かに、名簿を印字したものだった。でも、カモリストではない。ただの、歯医者の患者リストだ」

高峰も負けてはいなかった。

「だから、それが超弩級のリストなんだって。通称、蘇芳虎太郎リスト」

「蘇芳虎太郎だと？　そんな人物はいない」

「そりゃそうだよ。火事で暗殺されたからな！」

「火事って、西新宿で起きたタイガービルの火事か？」

「そうだよ。放火されたんだ！」

「放火？　違うよ。あれは、電気配線の事故からくる火事だ。証拠もちゃんとある」

「表向きはな！」

「表も裏もない」

「蘇芳虎太郎は、命を狙われていたんだよ！　ヤバい名簿を持っていたからな！」

「だから、蘇芳虎太郎という人物は、そもそも実在しないんだって」

「は？」

「蘇芳虎太郎というのは、架空戦記小説に出てくる主人公の名前だ！」

「か、かくう……せんき？」

「そうだ。二十年ぐらい前に、そういうジャンルの小説が流行ったんだよ。史実とは違う架空の歴史を作り上げて戦争を繰り広げる小説だ。雨後《うご》の筍《たけのこ》のように出版されていたものだ」

実は、田代も読んでいた。だから覚えていたのだ。蘇芳虎太郎という名前を。『大日本帝国の隠し金山』というシリーズに出てきた、海軍大将の名前だ。もちろん、架空だ。

「そうだ、架空なんだよ！　すべて、架空。君は、架空の物語を吹き込まれて、そして、まんまと三百万円を騙し取られたんだよ！」

そう強く言うと、高峰はようやく理解したようだった。そして、

「そんな……」

と、ヘナヘナと椅子から崩れ落ちた。

なんていうザマだ。

「高峰、今、どんな気持ちだ？」

「悔しいっす。……絶望しかないっす」

「だろう？　これで君も、詐欺被害者の気持ちが分かったか」

「はい……」

＋

「いい気味だな」

田代は、どこか清々しい気分で、帰途に就いた。

詐欺師が詐欺師にひっかかるなんてさ。まるで、三文《さんもん》小説だ。

あっはっはっはっはっ！

と笑いながら、自宅の玄関前まで来たときだ。

段ボール箱が置いてある。

宅配便のようだ。

宛名を見ると、妻の名前が書かれている。送り主の欄には、見覚えのない住所と名前。

「なんだろう？」

首をひねっていると、

「あら」

と、妻が外出から戻ってきた。

……って、なんなんだ、その顔。やけに厚化粧じゃないか。その服も、露出度が高めだな。胸の谷間が丸見えじゃないか。

「おい、なんか、荷物が来てないか」

「うん、分かってる……通販で買ったものが届いたのよ」

おいおい、また、通販か。最近、色々と買いすぎじゃないか？　いつだったか、クレジットカード会社から督促《とくそく》状も来ていたけど。うちの家計は大丈夫なのか？　いくら俺が警部補に昇進したからといって、給料はそんなに変わらないんだぞ。なのに、こんなに買い物して……。

田代が段ボール箱を持ち上げようとすると、

「触らないで！」

と、妻が慌てて段ボールをひったくった。と同時に、「あららら」とよろけ、段ボール箱は地面に叩《たた》きつけられた。その拍子に封をしていたガムテープが剥がれ、中身の一部が溢れ出る。

それは、ひどく懐かしいものだった。

そう、警察に入ったばかりの頃、使用していたことがある。

ワープロ専用機の、インクリボン。

インクリボン？

なんで？

田代は、同僚のある言葉を思い出した。さきほど、帰り際に言われた言葉だ。

「インクリボン詐欺というのが、どうやらホストの間で流行っているようですね。高峰もそれに引っかかったんでしょうね。きっと、他にもたくさんの被害者がいるんじゃないでしょうかね。で、ひっかかったホストは、自分の客からお金を引っ張っている。結局のところ、一番の被害者は、その客たちですよ」

田代は、啞然《あぜん》と立ち尽くした。

空白の女

*

青柳碧人

青柳碧人

（あおやぎ・あいと）

1980年、千葉県生れ。2009年、「浜村渚の計算ノート」で「講談社Birth」小説部門を受賞し、デビュー。19年刊行の『むかしむかしあるところに、死体がありました。』が第17回本屋大賞にノミネート。20年刊行の『赤ずきん、旅の途中で死体と出会う。』は、主演・橋本環奈、監督・福田雄一で映像化され、23年にNetflixにて配信。近著に『クワトロ・フォルマッジ』『怪談青柳屋敷』など。

1.

「意外と、簡単だったな……」

針松望《はりまつのぞみ》は、足元に横たわった遺体を見下ろし、つぶやいた。顔の脇にある、黒い猫の形のようなシミがやけに目についた。

死んだばかりの麗佳《れいか》は、目をかっと見開き、両手の指はまるでパチンコ台のハンドルを握っているかのような曲がり方で固まっている。麗佳の部屋からの明かりで、首に赤い線がついているのがハッキリ見える。

凶器のワイヤーをくるくる巻いて、肩掛けのポーチに入れた。絞殺《こうさつ》って力がいるし、興奮でわけがわからなくなるかと思っていたけれど、案外、平静だった。血も飛び散らないし、毒物みたいに足がつく心配もなさそうだ。自分の判断能力の高さにほれぼれする。

麗佳が苦しがって暴れ、押されて後頭部をぶつけてしまったのは予想外だったけれど、それ以外は順調だ。

もう動かない旧友――そういえば、久々に顔を眺める。

「こんな顔だったっけ？」

一年もまともに会っていないと、もう曖昧だ。

いいんだ、今や私は、たくさんの仲間を持っている。スケジュール帳の入ったポーチに手をやり、自分に言い聞かせる。明日はトニーさんの店で静《しずか》ちゃんの誕生パーティー。土曜はバーベキューとダーツ講習会、日曜は和菓子屋巡りと植物園イベント……忙しくて口がほころんでくる。

「さて」

望は腕時計に目をやった。七時三十二分。……三分で片付けよう、遅くとも十分後には店に戻らなければ。

びゅう、と冷たい風が頬を撫でた。

麗佳のそばにしゃがみ、おかしな曲がり方をしている両手を腰のほうへ下ろす。動かしやすい体勢にして――

2.

鎌音《かまおと》市内のマンションで一人暮らしの女性の死体が見つかったという一報が県警刑事課の

デスクに入ったとき、花岡誠《はなおかまこと》は思わず、舌打ちしてしまった。

今夜ようやく、デートの約束をとりつけたというのに。

相手は二か月ほど前に飲み会で知り合った、南野沙羅沙《みなみのさらさ》という女性だ。長い黒髪と、強気そうな瞳。一瞬にして虜になった。連絡先を交換し、その夜から次の約束を取り付けようと頑張った。

向こうに興味を持たれていないことを、花岡はすぐに悟った。刑事という仕事は敬遠されがちだ。だがこれを逃すとまた恋人を作る機会が遠のく。二十八歳、焦りを覚える年齢である。

仕事の関係上金曜の夜しか空けることができないと彼女は言った。仕事上、花岡も自由に休みをとれるわけではない。金曜の夜を空けるのに二か月を要し、押しに押してようやく取り付けた約束だったのだ。

「おや、ずいぶん顔色が悪いですね」

予約したレストランのことを考えていたら、ぬっと丸い顔が近づいてきた。刈り込んだ縮れ髪におかしなちょび髭《ひげ》、着ているものは小豆色の三つ揃いスーツだ。古いタイプのコメディアンのようだとあちこちの部署で陰口を叩かれているが、本人としてはばっちり決めているつもりらしい。

「まさか今さら死体が怖いなどというわけではないですよね？」

「そんなわけないでしょう」

答えながら、仮病を使ってしまおうかと思った。病気をうつしてはいけないと言えば案外捜査から外してもらえるかもしれない。そうしたら今夜のデートはキャンセルせずに済む。

「由赤丸《よしあかまる》警部、実は今朝から頭が痛くて……」

「仮病ですか」

はっきり言われてしまった。

由赤丸三男《みつお》、四十歳――身長百六十センチ足らずの、癖とプライドが異常に強いこの上司は、驚くほど鋭いのだ。嘘はつけそうにない。

壁の時計は午後二時をさしている。こうなったら、夕方までにこの上司に犯人を挙げてもらうしかない。

「行きましょう、由赤丸警部」

花岡は立ち上がり、由赤丸を急き立てた。

＊

現場は《タタケハイツ》という五階建てのマンションだった。

雑居ビルを二つはさんだところに信用金庫の駐車場があり、警察車両のために一角を貸してくれていたので、そこに停車した。

エントランスを入り、管理人室の前を通って階段で二階へ上る。「201号室」のドアに黄色い規制テープが張ってあり、制服警官が一人、立哨していた。

間取りは広めの1LDK。一人暮らしの女性としては十分な広さだろう。

リビングはフローリングで、そこかしこで鑑識が毛髪の採取作業をしている。クリーム色のラグの上に木製のローテーブルがあり、チキンサラダの載った浅めの皿と、食べかけのカップ麺のような容器があった。ローテーブルを挟むようにテレビと三人掛けソファーが向かい合っている。

リビングの入り口から向かって左側に次の間に続く引き戸があり、正面はガラス戸になっている。開け放たれたガラス戸の向こうのベランダに、大きいサイズのピンク色のスウェットの上下に身を包んだ女性が、仰向けに横たわっていた。

「グーテン・モルゲン」

死体の脇にしゃがんでいる白衣姿の女性が、花岡と由赤丸に気づいてひらりと手を挙げた。所轄のクラーラ小宮《こみや》刑事——ドイツ人とのハーフであり、青い目と高い鼻の顔はいつも自信を感じさせる。

「ごきげんよう、クラーラさん」「こんにちは」

花岡もひょこりと頭を下げながら、ベランダに近づいていく。遺体に手を合わせた後で、由赤丸はクラーラ刑事のほうを向いた。

「花を育てるのに興味はないんですね」

「何をいきなり失礼な。私は毎年、マリーゴールドを育ててるわ。ま、水やりは父に任せているけれど」

「クラーラ刑事のことではありません」

由赤丸警部はベランダの柵を指さした。柵の向こうに出る形で、金具によって白いプラスチック製の植木鉢がとりつけてある。四十センチほどの間隔で三つあるが、いずれも花はおろか土すら入っていなかった。

「ほつれてますね」

「前の住民が置いていったもんでしょ。あるわよ、そういうこと」

「ん？」

由赤丸警部の興味のベクトルはすでに、別の方向を向いていた。

「ここです」

遺体の腹部。スウェットの一部がほつれている。

「糸の縮れ具合から見て、ごく最近ほつれたものです。原因はわかっていますか？」

「あのねえ、由赤丸さん。こんなほつれの原因なんて知るわけないでしょ」

「そうですか。失礼しました。ホトケさんについて詳しく教えていただけますか？」

「ホトケさんね。ゴリゴリのプロテスタントだけど、教えてあげるわ」

ポケットから手帳を取り出し、クラーラ刑事は読みはじめる。

「新藤《しんどう》麗佳、二十六歳。職業はシステムエンジニアで、住所はこの部屋、一人暮らし。第一発見者は向かいのビルの三階で書道教室を経営している橋郷《はしごう》さつきという五十二歳の女性だったわ」

橋郷は教室のある日は午後二時にやってきて、必ず換気のために窓を開ける。今日もいつもどおりにそうしたところ、向かいのマンションのベランダに新藤が横たわっているのが目についたらしい。

花岡は向かいのビルを見る。壁のくすんだ古い四階建ての雑居ビルだ。すべての階の窓はすりガラスになっていて中の様子はうかがえない。書道教室だという三階の窓も、現在は閉じられている。

「システムエンジニアという職種は幅が広いですが、会社の名前はわかりますか」

由赤丸警部に訊《たず》ねられ、えーと、とクラーラ刑事はメモに目を落とす。

「株式会社キルティーシステムズ、だって」

「というと、この部屋はホトケさんのご両親の持ちものですかね」

「え、なんで」

クラーラ刑事は目を見開いた。はじまった、と花岡は後頭部に手をやった。

「先月、たまたまとある建設会社で起きた殺人事件を担当しましてね。ねえ、花岡君」

「ええと……堀股《ほりまた》建設の事件ですか？」

花岡は答えるが、由赤丸が何を言いたいのか、ピンとこない。

「あの会社の不正会計を調べているときに見ましたよ。受注システムのバグ修正を行っていたのがキルティーシステムズでした。社員十三名の小さな会社で、そんなに業績が上がっているようには見えなかった。そこの若手がこんな広い部屋の家賃は払えない。当然、家賃補助も見込めないでしょう。となれば、親の持ち物なのかと考えるのが自然です」

クラーラ刑事は口を半開きにして聞いていたが、

「さすが、頭がいいわね」

と言った。

「当然」由赤丸はぴくりとちょび髭を動かした。「私には兄が二人います。上の兄は頭が悪いので官僚になりました。下の兄はもっと頭が悪いので大学教授になりました。私は頭がいいので警察官になったのです」

コンプレックスがあるのか本気なのか、由赤丸警部はこうしてすぐに二人の兄のことを引き合いに出す。それはおいても、由赤丸警部の鋭さは本物なのだった。

「このマンション全体が、新藤麗佳の父親の持ち物なの。そして管理人の蔵原《くらはら》たか子は、麗佳の叔母ね。今はショックを受けていて管理人室で休んでいるわ」

「あとで話を聞いてみましょう。失礼、大いに横道に逸れました。死亡推定時刻はいつですか？」

「死後硬直の様子から、午後六時から午後十時のあいだだとわかってるわ。そしてエントランスの監視カメラ映像を確認したところ、新藤麗佳は午後六時三十二分に帰宅している。そのときエントランスを掃除していた蔵原たか子と挨拶を交わすところがばっちり撮られていて、蔵原の証言も裏付けが取れているわ」

「つまり」花岡は口をはさんだ。「正確な死亡推定時刻は六時三十二分から十時ということですね」

「もう少し狭まるでしょう」

すかさず由赤丸警部は言う。

「ごらんのとおり、彼女は部屋着姿で、晩ご飯を途中まで食べています。それどころか、玄関の脇にあった全自動洗濯機が乾燥を終えてブラウスその他がソフトキープ状態になっていました。会社から帰ってきて着替え、洗濯機を回して夕食の準備をし、半分ぐらいまで食べる……十五分はかかってもいいものです」

低い位置から花岡を見下すように鼻を鳴らす。たったの十五分の差異じゃないかと思ったが、言葉をのんだ。

「由赤丸さんの意見を採用して、六時四十七分以降ということにしましょう」

大学教授のような口調でクラーラ刑事が言った。まったく所轄らしくないが、由赤丸警部はその点に関しては無頓着なのだ。

「管理人の蔵原の話では、新藤は部屋にいるときはドアに鍵をかけない習慣があったそうよ。犯人は六時四十七分以降、この部屋に侵入してきた。恐怖にかられた新藤はガラス戸をあけてベランダに逃げたけれど捕まってしまい、犯人の手にかかってしまった。見たところ部屋は荒らされていないし、バッグの中にあった財布の三万二千円の現金も無事。強盗ではなくて怨恨ね」

クラーラ刑事は淡々と事件の見立てをし、「そして」と人差し指を立てた。

「ここが重要だけれど、犯人はこのマンションの住人の可能性が高い」

「どうしてですか」

「エントランスの監視カメラよ」

花岡の鼻先に、ピンクのネイルが施された、生クリームのように白い指が突きつけられる。

「午後六時三十二分に彼女が映されて以降、エントランスを通っているのはマンションの住人だけなの。そして午後十時以降、通報を受けた警察官が到着した翌日午後二時十五分まで、マンションを出ていったのも住人だけ。もし六時三十二分以前に忍び込んでいた、居直り強盗的な殺人だとしても、監視カメラに映らずに出ていくことは無理でしょう」

「なるほど、それなら犯人は住人以外にありえないですね」

花岡は同意する。クラーラ刑事は満足そうに指をひっこめた。

「今、うちの署の刑事たちが住人一人一人に聞き込みをしているわ。まあ、解決も時間の問題ね」

ぱちん。花岡は思わず手をたたいた。

「すばらしい。できれば夕方までに犯人の目星をつけてください」

「いやー、みんな今の時間は外に出ているから、時間かかるわ」

「なんとか、夕方までに」

「花岡君、何か予定があるのですか？」

由赤丸警部が眉根を寄せた。

「えっ。ええーと……」

答えに窮していると、クラーラ刑事が睨みつけてきた。

「デートでしょ？」

「いえ、違います」

「はい確定《ベシュテーテイヒト》。否定までの時間が短すぎ。重要参考人が嘘をつくときとまったく同じよ」

くっ、と思わず喉が鳴った。

「花岡君。殺人事件よりデートのほうが大事だというのですか」

「いえ由赤丸警部、けしてそのような……しかし、今日私は夕方で上がるはずだったので」

「上がる、という言葉は警察官は使いません。『待機に入る』というのです。そしてこの『待機』という言葉は、一般の社会人の休暇とは違い、出動に備えるという意味なのです」

説教などまっぴらだ。しかし、由赤丸警部も長い説教は嫌いと見える。

「ともあれ、事件を解決するのが早いほうがいいのは間違いありません。行きますよ花岡君」

「どこへです？」

「管理人の蔵原さんのところです」

3．

「どう思いますか？」

現場の201号室から共同廊下へ出たところで、由赤丸警部は花岡に訊ねてきた。

「何がですか？」

「クラーラさんの見立てですよ。マンションの住人が鍵の開いたドアから入ってきて襲い掛かったという」

慌てた新藤はベランダに逃げたが捕まり、そこで絞殺された――

「遺体の状況と照らし合わせて、何も不自然なことはないと思いますが」

由赤丸と花田は階段を降りはじめる。

「部屋の中が整いすぎではありませんでしたか？　座椅子を大きくしたような軽いソファーでしたね。逃げる被害者と追う犯人。もっと位置が乱れていてもよさそうなものです。ローテーブルの上の春雨スープだって、汁がこぼれていてもおかしくない」

あれ春雨スープだったのか、と花岡はカップ麺のようなカップを思い出していた。

「殺害した後、犯人が直したんじゃないですか？」

「何のために？」

「自分のいた痕跡を残さないためです。掃除もしたかもしれない」

「殺した後はすぐに現場から立ち去りたいと思うのが普通です」

「じゃあ警部は、犯人がマンションの住人ではないといいたいのですか？」

「それはわかりません。ただ一つの可能性として考えられるのは」

と、花岡のほうを向く由赤丸警部。

「彼女が殺されたのは、あのベランダではない、ということです」

「はい？　部屋の中で殺害した遺体を、わざわざベランダに出したということですか？」

殺した後はすぐに現場から立ち去りたいはずだと、今言ったばかりなのに。この人の発言はいつも俺を混乱させる――。

結局、由赤丸警部の言葉の真意がわからないまま、一階に着いた。

「ああ、ああもう、こんなことが起こるなんて」

管理人室に入り、聴取を申し出ると、蔵原たか子は苦いものでも食べたように唇を歪めた。頭髪に白いものが交じった、六十がらみの女性である。

「事故物件になっちゃうと家賃を下げなきゃいけない。そうなったら兄貴にガチャガチャ言われるのは私なのよ」

兄貴というのは、このマンションのオーナーである、被害者の父親だろう。

「だからもう私は必死になって、孤独死しないように住人のおじいちゃんおばあちゃんには声かけてたんじゃないの。それがまさか、よりによって麗佳が殺されるなんて。……殺人なんてもう、噂が広まっちゃうんでしょうねえ」

死んだ姪のことより、マンションの価値が下がることに執心している。怪しい、と花岡は思った。もしこの管理人が犯人なら、事件は解決だ。

「あまり新藤さんにいい印象を持っていないようですね」

「そりゃそうでしょうよ、あんた！」

蔵原は手招きをするようなしぐさをした。

「だってあの子、引っ越してきてから連日人を呼んで大騒ぎして、他の入居者さんたちから私が文句言われたのよ。兄貴に報告したら『麗佳の家に人を入れるな！』ってもう、土佐犬みたいに吠えるの」

土佐犬がどう吠えるのか花岡は知らないが、由赤丸警部も無反応なので黙っていた。

「それでまあ、だいぶ収まったみたいだけど」

「昨晩、午後六時三十二分に、新藤さんと話をしていますね。そのあとは何をされていましたか？」

花岡は訊ねた。

「さっき別の刑事に話したわよ。この部屋にずーっといて、午後十時半には寝ました」

「この管理人室から、監視カメラに記録されずに二階の新藤さんの部屋に行くことはできますか？」

「ホールへ出るドアも映ってるんだから無理でしょうよ。そりゃ、あのドアを使えば、屋外には出られるわよ」

と、冷蔵庫の脇にある鉄の扉を指さした。

「でも、エントランスから入ってくるときに映るでしょ。あんた、私が殺したっていうの？」

「新藤さんはやっかいな入居者だったようですから。監視カメラの映像に細工することだってできるんですよね」

「あんたねえ！」

「本気で言っているんですか、花岡君」

頭から湯気が出そうになっている蔵原を遮るように、由赤丸警部が言った。

「この監視カメラはセキュリティ会社とつながっている。映像は全部本部と共有されていますよ。蔵原さんが細工したところで、すぐに露見してしまいます」

「ああ……そうですか」

「予定があるからといって捜査を急ぐのはやめましょう」

チクリと言い、蔵原のほうを向く。

「不出来な部下が失礼を申し上げてすみません」

蔵原は由赤丸警部の顔を見ていたが、やがて怒りは収まったと見え、「あなた、面白い顔しているわね」と言った。

「そのちょび髭は、ファッションなの？」

「カナダ製のシェーバーで剃っています。ロケットの部品も作っている工場でして、宇宙工学に基づいた素材とデザインで、皮膚にもっとも負担のない剃り心地を実現しているのです。本当に頭のいい人間は、常に高品質のものを使わなければなりません」

「ふーん」

「ところで蔵原さん。私のほうから一つ質問を。監視カメラに映らずにこのマンションに入る方法がないことはわかりました。では、監視カメラに映らずにこのマンションから出る方法はありませんか？」

「あんたねえ、入れないんだから出られるわけ……」

　とあきれ顔になった蔵原だが、すぐに表情を変えた。

「いや、あるにはあるわ。でもあんなとこ、使う人いないわよ」

「見せていただけますか？」

「いいわよ。来なさい」

　管理人室を出ていく蔵原に、花岡たちはついていく。エントランスを横切り、階段の前を横切り、電気のついていない廊下のほうへ進んでいく。

「この部屋は物置なの」

　一枚の鉄扉の前で立ち止まると、蔵原はノブに手をかけた。鍵はかかっておらず、引くとドアは開いた。花岡はエントランスを振り返る。たしかにここは監視カメラの死角になっている。

　ドアの向こうは闇ではなかった。明るくはないが、荷物の向こうに窓があるようだ。蔵原が手探りでスイッチを押すと、明度の低い蛍光灯の光が部屋の中を照らし出す。まず目についたのは臼《うす》と杵《きね》だった。その向こうにペッパーランプの巻き付いたクリスマスツリーと古びた自転車、「防災」と書かれた大型の段ボール箱が二十ほどありそうだ。

「狭いですね。一人入ったら満員です」

　由赤丸警部が言った。

「そこの窓の内鍵を外して、細身の人が頑張れば、外に出られるわ」

段ボール箱の陰になっている窓を指さす。縦四十センチくらいの小さな窓で、小柄な人間なら通り抜けができるだろう。

「でもこんなところ、誰も知らないし。鍵だって閉まってるでしょう？」

積まれた段ボール箱の陰になっていて、クレセント錠が見えない状態だった。

「見てもいいですか？」

花岡は訊ねた。

「どうぞ。その臼、使ってないから踏んじゃって」

臼を踏み台にして段ボール箱の上に半身を乗せる。段ボール箱と窓の隙間を覗くと、クレセント錠は外れていた。手袋をして、サッシに手をやる。窓は難なく開いた。

「鍵、かかってませんでしたよ」

「あらー。……いや、最後に入ったの半年以上前だもの。いつ外れたのかしらね」

「花岡君、外に出られますか？」

「俺の体だと難しいかもしれません」

「やれるだけやってみてください」

なんでこんなことを、と思いつつ段ボール箱に乗り、窓から顔を出した。やはり花岡の肩幅では外に出るのが難しい。窓の下にはガスのボックスがあり、それを踏み台にすれば裏路地に出られる。

「あれ？」

ガスボックスの脇にある植木の枝に、気になるものがあった。

「どうかしたのですか、花岡君」

「ここの植木の枝に、ピンク色の糸が引っ掛かっています」

花岡にもすぐにわかった。遺体が身に着けていたほつれたスウェットだ。部屋の中を振り返ると、由赤丸はなんでもないというようにうなずいていた。

――新藤麗佳は殺害される前に、この窓から外へ出た？

4.

川に面した公園のバーベキュー会場。周囲にも似たような団体や家族連れが大勢いて、あちこちで煙が上がっている。

肉や魚介類の焼ける匂いが食欲をそそってくる。

「あれ、望、全然飲んでなくない？」

リカが目ざとく指摘した。

「あれ、バレた？　実は今日は一本だけにしとこうかなと思って、ゆっくりね」

チューハイの缶を頬のあたりに持ってきて、ちょっと肩を上げるポーズをとってみるけれど、リカは許してくれなさそうだ。

「それはないわ。だって私たち、二年ぶりに会うっていうのに」

大学を卒業して五年も経つというのに、声を掛けたら十七人も集まったとリカは言っていた。いつまでもつながっているサークル仲間というのはいいものだ。しかも男連中はみんなバーベキュー慣れしていて、何もやることがないときている。天国だった。

「最近、お酒弱くなっちゃってね」

「嘘。こないだSNSの写真見たよ、会社の飲み会？　あとダーツサークルの飲み会？　それから英会話スクールの飲み会だっけ」

「どんだけ飲み会やってんのよ！」

美穂《みほ》がけたけた笑った。もうワインボトルを半分ぐらいあけて、上機嫌だ。

「いやあ、ちょっと顔出しておかなきゃいけないとこがたくさんあるんだ」

「予定がたくさん埋まってて、羨《うらや》ましいわ……あれ、まさかこのバーベキューの後も予定入ってるんじゃないでしょうね？」

「え、バレた？」

冗談めかして笑うが、リカは真顔になった。

「呆れた！　私たちとの予定の後に、別の人との予定を入れるなんて」

「私さ、顔出しとかなきゃいけない会が、いっぱいあるんだよ」

嫌味に聞こえただろうか。人気者だと羨ましがるなら羨ましがってもらって別に構わない。

「許さないね。ほら、もっと飲みなさい」

冗談なのか本気なのか、リカは迫ってくる。こういうところがむかしから苦手なのだ。困っていたら、

「おーい、針松」

向こうからやってきた男性陣の一人に名前を呼ばれた。久しぶりに会うので名前が出てこないけれど、助け船だ。

おや、と望は思う。彼の後ろに、二人の知らない男性がついてくる。一人は身長の高い若い男性。きれいな顔立ちをしているがどことなく弱気そうだった。もう一人は百六十センチもないくらいの小柄な四十男。何のつもりか、鼻の下にちょび髭をはやしている。二人ともバーベキューには似つかわしくないかっちりした恰好。特に四十男のほうは小豆色の三つ揃いに身を包んでいて、これまた「何のつもりか」という感じだ。

「針松に話があるんだってさ」

「お楽しみのところ、すみません」

若いほうが上着の下から出したのは、警察手帳だった。

「警察?」

リカが驚くのに目もくれず、背の低い中年のほうが言った。

「新藤麗佳さんの件はご存じですね？」

――来たか。

いつかは来ると思っていたけれど、まさかバーベキュー会場に押しかけてくるとは。お酒はそこそこにしておいて本当に良かった。

「ええ、知ってます」

事情を見極めようとしているリカたちのほうをちらりと見て、望は刑事たちに返事をした。

「でも、ここだと雰囲気壊しちゃうから、場所を変えませんか」

「私たちもそう思っておりまして、向こうに……」

「おお！」

若いほうを遮るように、背の低いほうが男たちのほうへ走り出した。

「これは燻製《くんせい》のスモーカーですね？」

「そうすよ」

頭にタオルを巻いた男子――彼の名も覚えていない――が答えた。

「具材はなんです？」

「チーズとウィンナーとシシャモと、あとタコですね」

「タコとは珍しい！　チップは？」

「桜すかね。オーソドックスでいいんで」

「いいですねえ、本格的です」

「一昨日《おととい》作っといたベーコンもあるんすよ。こっちはヒッコリー初挑戦でなかなかいい具合になったっす。食べますか？」

「ぜひ……と言いたいところなのですが」

ようやくこちらを振り返る。

「仕事中なので、失礼します」

後ろめたそうに戻ってくる。なんなのだろう。

「行きましょう」

苦笑しながら若いほうが促し、連れ立って歩き始めた。

「あ、私は県警捜査一課の花岡といいまして、こちらは私の上司の由赤丸です」

「お見知りおきを」

由赤丸だって。燻製にテンションが上がっていたし、顔や恰好だけではなく、名前まで面白い人だ。

「針松望です。あの、麗佳のことは昨日の夜、共通の知り合いから」

「木村《きむら》秀三郎《しゆうざぶろう》さんですね」

花岡が言った。

「そうです。私、あまりにショックで……」

「ショックのわりに、バーベキューには参加してらっしゃる」

すかさず由赤丸が指摘した。滑稽《こっけい》な顔に厳しさが浮かんでいる。

「タープを提供することになっていたから、断れなくて」

「タープ？」

「あの、屋根みたいなやつです。私、たくさんバーベキューをする機会があるものですから、自分で買ったんです、あれです」

二人の刑事は足を止めてタープを振り返った。他のグループのレンタルタープの向こうに、ピンク色の屋根が見える。

「ずいぶん屋根が高いですね」

「支柱を追加すれば、あと二段階高くできます」

「持ち運びは大変ではないですか？」

「それが意外と軽くって、肩に掛けて一人で運べるんです。ほら、グリルとか椅子とかは会場で用意してくれるものでも十分なんですけど、レンタルのタープはだいたい小さいんですよね。持ってくとすごく喜ばれますよお」

つい自慢してしまってから、二人との温度差を感じて恥ずかしくなってしまう。

「それは便利ですね。みなさんがあなたを必要としているのがわかります」

由赤丸は軽く口角を上げ、また歩き出す。歩調を合わせながら花岡が話しかけてきた。

「新藤さんとはバーで知り合ったそうですね。意気投合して、何度か会ううち、共に輸入オンラインで雑貨の会社を立ち上げて副業を始めようということになった」

すでにあらかたの事情は調べているようだ。

「ところがいざサイトをオープンしようというときになって新藤さんがペアを解消したいと言い出した。しぶしぶ承知したあなただったが、後日、彼女が違う相手と二人でオンラインショップを開いているのを知った」

「そうです」

思い出すと、さすがに暗い気持ちになる。

「私よりビジネス感覚の鋭い相手を見つけたとかで。もともと仕入れにかかったお金は彼女が出したし、商品そのものも彼女の部屋にある。ネットショップのアイディアは私のものだったけど、そんなことを言ってもしょうがないですよね」

「新藤さんには思うところがありましたね？」

「そりゃもう。一人でやって見返してやろうかなんて思ったけどなんか燃え尽きちゃって。……だからって、殺したりしないですよ。彼女には他にも敵が多かったはずです」

「承知しています。しかし念のため、木曜日の午後六時から午後十時まで何をしていたか、お教え願えますか？」

「いいですよ。その日のことはよく覚えています」

望は花岡に向けて笑みを浮かべた。

「私、木曜日は仕事が終わった後、必ず舞台を観に行くことにしているんです」

「ほほう、趣味が多彩ですね」

由赤丸は言いながら、足を止めた。バーベキューサイトと駐車場のあいだのプレイスペース。ベンチが空いている。三人で腰かけ、花岡が質問を開始する。

「では一昨日も舞台を？」

「それが、その日は推しの俳優さんが出ているミュージカルを観に行く予定でしたが、昼に中止の連絡が運営から送られてきたんです。なんでも関係者の中で高熱を出した人がいるとかで。『ニュルンベルクの横槍男』っていう舞台なんですけど、調べてもらえれば」

花岡は舞台のタイトルをメモした。

「じゃあ予定がなくなってしまったんですか」

「そうなんですけど、同じ俳優を推している仲間にメッセージを送ったら、みんなショックを受けてて、それで『哀しい会』を開きました」

「哀しい会……」

「まあ、飲み会です。私の行きつけの《上海小景《シャンハイしょうけい》》っていう中華料理屋で。四人で盛り上がっちゃって午後十一時すぎまでいたと思います」

一緒にいた三人の連絡先を刑事たちに告げ、スマートフォンでそのときの写真も見せた。二人とも納得したようにうなずいたが、きっと裏を取りに行くだろう。そうすると当然——あのこと、があのことがわかってしまう。今、自分から言うことはないけれど、あとで疑われるのは心外だ。先手を打たなければ。

「あの」

聴取を切り上げようとする花岡を、望は止めた。

「麗佳のマンションに行ってみてもいいでしょうか？」

「はい？」

「私、麗佳に貸してた漫画があるんです。気まずい別れ方しちゃったから返してもらえなくて。新しく買ってもいいけど、中学の同級生からもらったものだから現物がいいんですよね」

「それはまずいですね」由赤丸が言った。「このままだと新藤さんの遺物として処理されてしまうかもしれません。花岡君、観劇仲間のみなさんには私が聞き込みに行きますから、あなたは彼女を新藤さんの家に連れて行ってあげてください」

「え、ああ、……はい」

「やった、ありがとうございます」

ずいぶんうまくいった。新しいスケジュールのスタート。ワクワクする。

「しかしひとつ、交換条件が」

ぐっと望に顔を近づけてくる由赤丸。望は思わず一歩引いた。

「な、なんです？」

「燻製です」

「はい？」

「せっかくお友達がスモーカーで燻製を作ってくださっている。それを花岡君にも分けてあげてくれるよう、あなたからお願いしてください」

「由赤丸警部、何を」

焦る花岡を、由赤丸は睨みつける。

「スモーカーで作った燻製の味を、どうせ君は知らないでしょう。彼の使っているものは海外の有名なメーカーのもの、チップの知識も本格的でした。こういう機会に学びなさい。優秀な警察官は、多方面の経験を積み、知識を蓄えているものです」

燻製が何の役に立つのかわからないけれど、この人なりに部下を育てているらしかった。

5.

「花岡さん、すっかりみんなに溶け込んでいましたね」

助手席の針松望が笑いながら話しかけてきた。ウェーブのかかった茶色く短い髪が、快活な性格に似合っていた。

「そうですか？」

「そうですよ。次回もぜひ、なんて言われてたじゃないですか。花岡さん、私たちと年齢もそう変わらないし、俳優さんみたいにシュッとしてるから。『あんたからまた誘っといてよ』とか言われそう」

花岡は苦笑いを返す。

針松のアリバイの裏取りをすると由赤丸が立ち去ったあと、針松に腕を引っ張られるようにしてバーベキュー会場に戻った花岡を、彼女の仲間は受け入れてくれた。肉も野菜もどんどん紙皿の上に追加された。さすがに酒は遠慮したものの、由赤丸警部の言った通りに、燻製は専門店で作られたのではないかと思うほど本格的だった。すぐに仕事に戻るはずが女性陣の質問攻めに遭い、結局二時間も居座ってしまった。

「でも助かっちゃったな。ああやって盛り上がっちゃうと、なかなか帰れなくなるから」

肩掛けのポーチをぎゅっと握りしめ、彼女は言った。そろそろ行きましょうと彼女が花岡に告げたのは三時半だった。タープは畳んで送ってくれればいいからと男性たちに言い残していた。

「バーベキューのあとにもう一件予定を入れるなんて、って思っているでしょう？　でも私、いろんなことをしたいんですよね」

スケジュール帳に目を落としながら、ふふ、と笑う針松。花岡は、バーベキュー会場にいた二人の女性の顔を思い出していた。多岐川《たきがわ》美穂と、鹿田《しかだ》リカである。

「一昨日、望の知り合いが殺されたんですって？」

一度、針松が生ごみを捨てに行っていなくなったとき、二人は花岡に近づいてきて、興味津々な様子で質問をしてきたのだ。

「はい。針松さんのご友人の新藤麗佳さんという方なんですが、ご存じですか」

「面識は全然ないけど、一緒に輸入雑貨の店を立ち上げようって言ってた人でしょ？」

「一年くらい前だったかな、裏切られたって言って荒れてたわよ、ねー」

やっぱり針松には動機がありそうだ。花岡はそう思ったが、

「でも、望には無理ね」

「うん、言えてる」

二人はうなずきあい、そろって鴨肉の燻製を頬張った。

「どうしてですか？」

「望には殺人なんてしているヒマがないもの」

「ヒマ、ですか……」

「あの子、自分に予定がないのが許せないっていうタイプなのよ、ねー」

土日祝日は朝から晩まで、平日も仕事終わりから夜中まで、スケジュールを埋めなければ気が済まないのだと二人は言った。

「学生時代はそんなことなかったんだけど、一年前、ちょうど、雑貨屋がダメになったくらいのころからそんなふうになっちゃってね」

「ほんと、二、三時間でも空いていたら何かしらの予定を入れちゃうのよ」

「そうそう。今日だってこの後、ネットで知り合った人たちとダーツをしに行くっていうじゃない」

「何年振りかの集まりなのに、このあとに予定入れるなんて嫌な感じ」

「これ見よがしにびっしり文字の埋まったスケジュール帳を開いたりして、まるで『私はあんたたちと違って交友関係の広い人間です』って見下されてる気がするわよ」

「そんなに必死になって予定を埋めなくてもいいわよ。ねえ、花岡さんもそう思うでしょ？」

「え、ええ。そういう人、いますよね」

花岡が調子を合わせると、二人はでしょでしょと、詰め寄ってきた。

「だからね、一昨日の夜も絶対に予定があったと思う」

「木曜は観劇やコンサートの予定を必ず入れるようです」

「ほらね。だからあの子には無理よ。もし不自然に暇な時間ができちゃったのなら、『このあいだに私が殺しました』って言ってるようなものだもの」

「アリバイを調べてるんでしょ？　望は人生丸ごとアリバイだわ」

「あっは、言えてる」

二人は大笑いをした。

「こちらからお願いしておいて悪いんですけど」

助手席にいる人生丸ごとアリバイの女性は、花岡のほうに顔を向けた。

「五時には次の待ち合わせのお店に行きたいんですよ。漫画を回収してすぐサヨナラって感じでいいでしょうか？　バスで行くんで」

「いや、お店の前まで送っていきますよ」

「え、本当ですか？」

針松の顔はぱっと明るくなる。いたずらっぽい笑みといい、チャーミングなところの多い女性だと花岡は思った。予定が詰まっているのもうなずける。昨日、自分の予定が結局ダメになってしまったことを、いまさらながらに恨めしく思った。

「針松さんは明日も予定があるんでしょうね」

なんとなしに言うと、針松は「はい」とポーチからスケジュール帳を出した。

「明日は、午前中はネットで知り合った和菓子好きの子たちと和菓子屋巡り。午後は一時から植物園でマッチングイベントです」

二人の友人は悪口っぽく言っていたが、充実した毎日を過ごしているように花岡には思えた。

新藤のマンションの近くまでやってきた。信用金庫の駐車場はまだ警察のために空けてくれていた。

「ああ、懐かしいな……」

マンションのエントランスへやってくると、針松はそう笑った。

「よく来てたんですよね。管理人さんに出入り禁止食らう前は」

と話していたら、管理人室から蔵原が出てきた。針松はびくりと体を震わせる。

「お、お久しぶりです」

「あんた、何しに来たのよ？」

怪訝そうな目で針松を睨みつける。花岡はすぐさまフォローした。

「新藤さんに貸していたものがあるそうで、それを取りにきたんです。私も現場をもう一度見ておきたいと思いまして。鍵を貸していただけますか？」

蔵原は不本意そうだったが、鍵を持って出てきた。

「敵意丸出しですよね」

階段を上りはじめ、蔵原の姿が見えなくなってから針松は小声になった。

「麗佳の部屋に出入りしていたとき、ずいぶん騒いじゃったから。それで私、このマンション出入り禁止になっちゃったんです。監視カメラもありますから」

「はい」

「でも、実際に届いた商品を見たりしなきゃいけないから、麗佳の部屋には入らなきゃいけない。そうしたら麗佳、監視カメラに映らずにこのマンションに入る方法を見つけてくれたんです」

「物置の小さな窓ですか？」

「知ってたんですか？」

一瞬迷ったが、何か情報が引き出せるかもしれないと花岡は言うことにした。

「実は事件当夜、新藤さんはその窓から外へ出た可能性があるんです」

「え？　だって、遺体は部屋で見つかったんでしょう？」

「わかりませんが、窓の内鍵から新藤さんの指紋が検出されています。それに、窓の外の植木に、新藤さんのスウェットからほつれた糸が引っ掛かっていました」

「一度外に出て、戻ってから殺されたんですか？」

「だとしたら戻るときに内鍵をかけておかなかったのはおかしいですよね」

「たしかに」

針松がうなずいたところで新藤の部屋の前についた。

「わ、こういうテープ、本当に貼るんだ！」

ドアに「×」状に貼られた黄色い規制テープに、針松は目を丸くした。

「勝手に現場に近づかれると困りますからね」

鍵を開け、ドアを引いた。カーテンは閉め切られていて暗い。花岡は電気をつけた。

部屋の中は昨日と同じ状態だった。

「入っていいんですか？」

「どうぞ」

本当は捜査関係者以外は立ち入り禁止だが、彼女には自由にさせるようにと、由赤丸警部から言付かっていた。

「増えたなあ……」

リビングの隣の間に積まれた段ボール箱を眺め、針松はため息をつく。自分もこれで商売するはずだったのに、とでも思っているのだろうか。

本棚はその段ボール箱の山と向かい合う壁に設置されていた。高さ百八十センチメートルほどの本棚の中に、びっしりと本が詰められている。経営の本やエッセイ本に交じり、漫画も数十冊ある。奥行きのある本棚で、奥にも本があった。手袋をはめ、十分くらいかけてすべての本を確認したが、針松が貸したという漫画は見つからなかった。

「ありませんね」

振り返ると針松は、本棚ではなくリビングのほうに目を向けている。

「あ、すみません、お任せしてしまって。ひょっとしたら麗佳、売っちゃったのかも」

「針松さん？」

「人の本を勝手にですか？」

「そういうところあるから。もう会わないって言ったのは私のほうですし、仕方ないです。それより花岡さん、このお部屋って掃除したんですか？」

いいえ、と答えながら花岡は彼女に近づいていった。

「毛髪や繊維などを採取して、そのままです」

「ずいぶん綺麗じゃないですか？　犯人と格闘したなら、もっと乱れていないと」

由赤丸警部と同じことを言っている。花岡が答えに困っていると、針松は閉め切られたカーテンのほうへ足を運んだ。

「麗佳、ベランダに倒れていたんですよね？」

「はい」

「ひょっとしたら犯人に外に呼び出されて、そこで殺されたんじゃないですか？　犯人は部屋で犯行があったように見せかけるため、遺体をベランダに戻した」

「それは、我々も考えたんです」

花岡は言った。

「外から新藤さんを呼び出すのは、例えば古い手ですが小石を窓に投げつけるなどしてベランダに呼び出し、言いくるめればできます。相手が管理人の蔵原さんと会わせたくない人間なら、エントランスを通らず、新藤さん自ら物置の窓から出ていった状況にも納得がいく。」

我々と言ったが、もちろん全部由赤丸警部が言っていたことだった。かまわず、花岡はつづけた。

「それでもわからないことがあります。殺害後、犯人が新藤さんをベランダに戻した方法です。物置の狭い窓から死体を入れて部屋まで引き上げるのは難しいし、誰かに見られてしまう恐れもある」

針松はカーテンのほうを向いた。

「カーテンとガラス戸、開けてもらってもいいですか？」

何か、考えがありそうだ。花岡は言われたとおりにした。外は暗くなってきているが、向かいの雑居ビルの三階の書道教室の明かりだけが煌々《こうこう》と光っている。

「柵の外についている三つの植木鉢。前の住人が残していったものだって麗佳が言っていたような」

これもまた、由赤丸警部が指摘した個所だ。

「これと、向かいの書道教室の窓を使えば、麗佳をベランダに戻すことができるんじゃないでしょうか」

「どういうことです？」

針松はスケジュール帳をぱらぱらめくってメモのページを開くと、背表紙の中から細いペンを取り出し、図を描いた。（図1）

「マンションと向かいのビルとの間はかなり狭い路地になっていますよね。犯人はここにあらかじめ、畳一枚分くらいの大きさの板を敷いておき、その上に麗佳を呼び出して殺したんです」

「路地で殺害したということですか」

「はい。そしてあの書道教室の窓からロープを二本垂らした。ロープの先は二股になっていて、板の端にあらかじめ開けられた穴に通すと、大きなブランコのようになります。このとき注意しなければならないのは、ロープは板の中心にバランスよく結ぶのではなく、ちょっとビル寄りにつけておくということです」

「ビル寄り……」

「これが重要なんです。犯人は板の上にいい感じになるように麗佳を横たえ、書道教室の中からロープを引く。板は上昇していきますが、ベランダの柵に取り付けられた植木鉢にひっかかります」

「ああ……」

花岡にもようやく、彼女の言いたいことがわかった。（図2）板は斜めになり、上に載っていた新藤の遺体はごろごろとベランダに落ちていくのだ。

【図1】

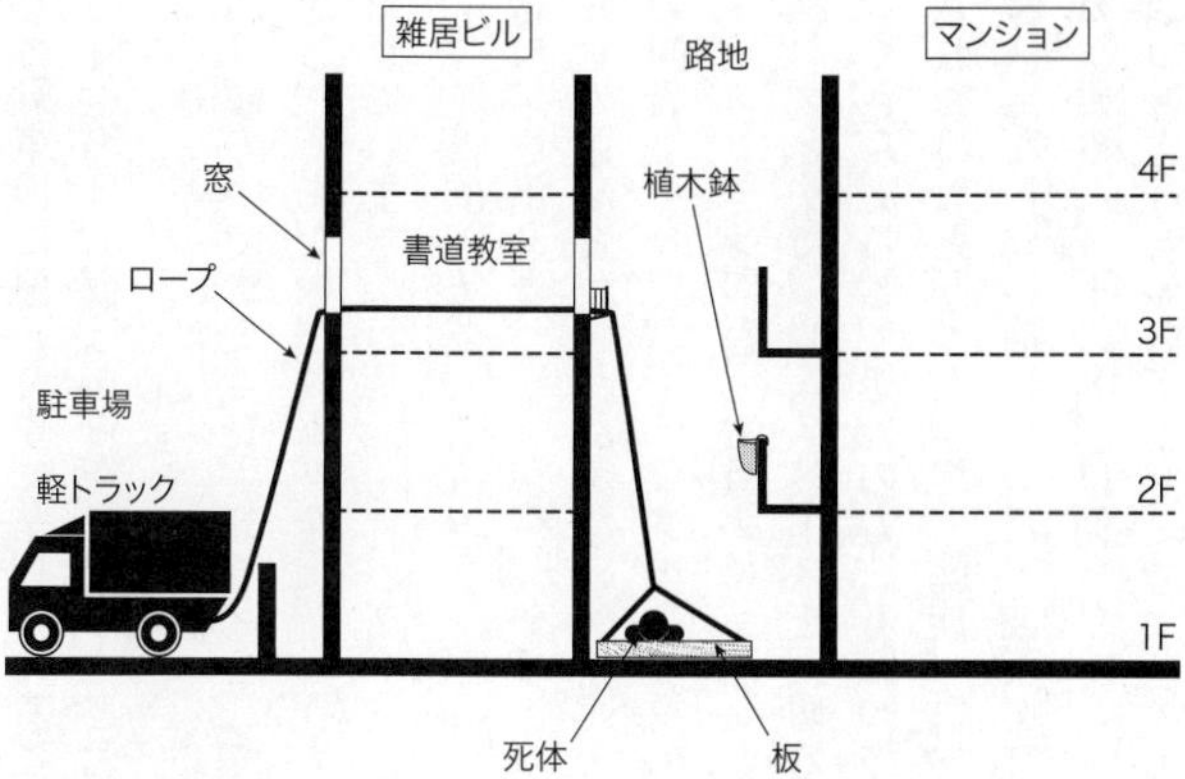

「どうですか？」

「はい、すごいと思います。……が」

花岡は少し頭の中で整理してから話しだす。

「女性とはいえ人一人分の重さを持ち上げるのは力がいるはずですね。そう上手くいくでしょうか」

「それは私も考えたんですけど、車を使ったというのはどうでしょうか？」

「車？　この狭い路地に車を入れるんですか？」

「いえ、さっき花岡さんが車を停めたあの駐車場です。向かいの雑居ビルはそんなに大きいビルではありません。そして、駐車場に面したほうにも窓がありましたね」

長いロープを用意すれば、板とは逆の端をまとめて一本にし、雑居ビルの三階を貫くようにして駐車場に停めた車に結びつけることができると針松は言うのだった。

「あの駐車場は、夜はがら空きだし人どおりも少ないですから、人目につかずに行うことはできます」

花岡は頭の中でシミュレーションをしてみる。不可能ではなさそうだ。

「しかし、そんな板とロープを用意し、大がかりなトリックを仕掛けるような人が、新藤さんの周りにいますかね？」

「一人、心当たりがあるんです」

針松は声を潜めた。

「ナガツカさんとかいったかな。麗佳、デザイン系の専門学校を卒業しているんですけど、そこの同級生で今、パーティション設営の会社を経営している男性がいるんです」

「パーティション設営というのは」

「オフィスとかで、個人スペースを区切る壁、あれを設置する会社なんです。当然、大きな板はたくさんあるし、処分の方法も知ってますよね。むかし、そのナガツカさんに三、四回告白されたけれど断ったって、麗佳、言っていました」

聞き捨てならない情報だった。彼女をここに連れてきたのは正しかったかもしれない。

「ナガツカさん、下の名前は何と？」

「ちょっと忘れちゃいました。《エトワール・デザインスクール》です。調べたら出てくる

【図2】

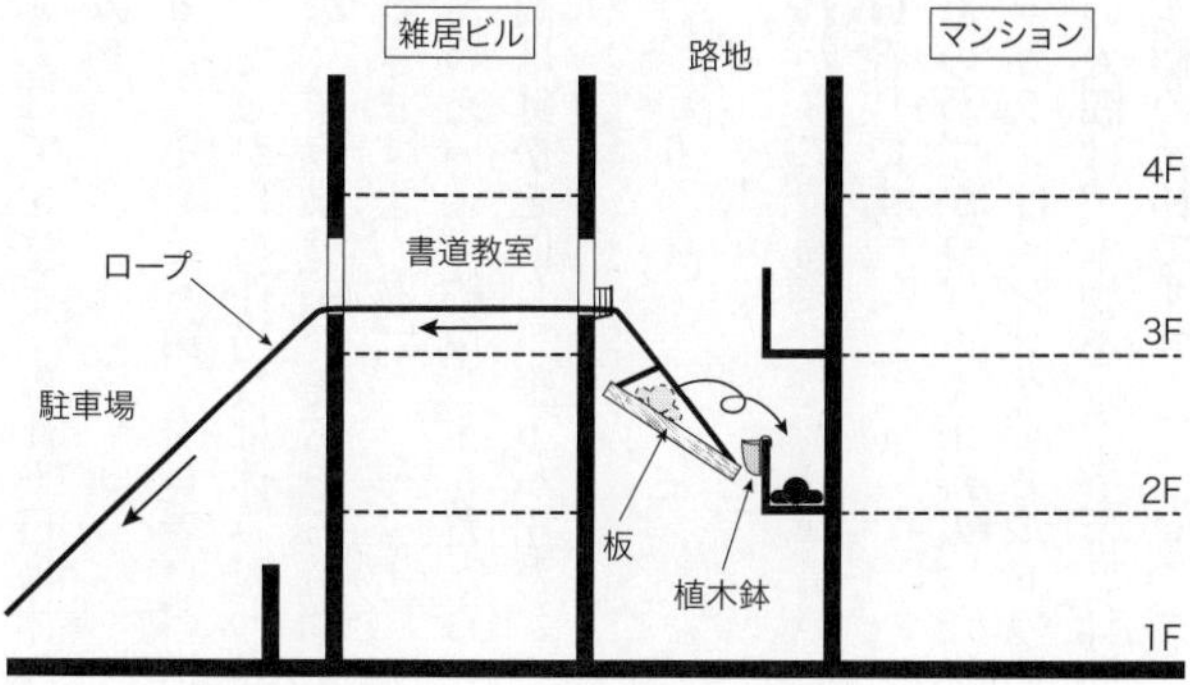

かも」

「ありがとうございます」

メモ帳に学校名とナガツカの名を記し、顔を上げる。ふと、向かいのビルの書道教室の窓を見上げた。

「あ」

ひとつ、気づいてしまった。

「どうしたんです、花岡さん」

「やっぱり無理ですね、さっきのトリック」

「なんでですか？」

「夜の六時から十時のあいだ、書道教室に人がいたら、このトリックは使えない。そもそも、あの教室の窓から路地は見えてしまいます」

初めに指摘すべきことだった、と花岡は恥ずかしくなった。針松も同じ反応をするかと思いきや、引き下がらなかった。

「たとえばですけど、事件当日は休みだったとか」

「休み？」

そうか。そもそも第一発見者は書道教室の橋郷という経営者だ。発見が死んだ翌日なのだから、たしかに事件当夜は休みだった可能性がある。確認する価値はあるだろう。

「あの、すみません。そろそろ時間が。……お仕事続けるようだったら、自分でダーツバーまで行きますよ、私」

「ああいえいえ。約束しましたから、お送りします」

花岡は針松を促し、廊下へ出た。

6.

それから二時間後、花岡は薄暗い照明のもとで、由赤丸警部と向かい合っていた。

「いい香りです」

ほんのわずかウィスキーが入ったタンブラーを鼻の前で回しながら、由赤丸警部は言った。

「マッカランは『シングルモルトのロールスロイス』と呼ばれるウィスキーです。本当に頭のいい人間は、本物を嗜《たしな》まなければなりません。スペイサイド地方の景色が瞼の裏に浮かぶ、至極の一杯です」

「警部、アルコール、ダメなんですよね？」

おずおずと言うと、由赤丸警部はぱちっと目を開いた。

「アルコールを摂取するだけがスコッチの楽しみではないのです。香りを楽しむことにより、シェリーの樽に眠った時間と、長きにわたり技術を伝承してきた職人たちの姿にリスペクトを送るのです」

そう言って、一切口をつけずに香りばかりを嗅《か》いでいる。これが本物の嗜みなのだろうかと花岡が困惑していると、

「針松望の観劇仲間に会ってきましたよ」

タンブラーをガラステーブルに置き、由赤丸警部は言った。

「どうも彼女は、典型的な空白恐怖症のようです」

「空白恐怖症、とは？」

「スケジュール帳に空白があることが怖い、つまり、仕事終わりや休日を予定で埋め尽くさなければ気が済まないことです」

「そういえば、スケジュール帳を常に手に持っていました。そういう病気ですか？」

「というより、性格の一つでしょう」

自分が必要とされている、あるいは交友関係が広いことを、スケジュール帳に予定を埋めることによって周りに示したいという、一種の強迫観念のようなものだ、と由赤丸警部は言

った。

「木曜は必ず観劇のチケットを取っていると観劇仲間は言っていましたね。そして舞台がはねたあとは必ずカフェに行き、感想を言い合うのだそうです。本当は金、土、日と同じ舞台を観たいが、他の予定が入っているから——と、毎回必ず言いながらスケジュール帳を開くそうです」

「忙しい人ですね」

「まったくです。不慮の事態で舞台が中止になっても一人で食事をすることはありません。事件当夜、彼女は舞台仲間三人と、《上海小景》という中華料理屋で夜の十一時までおしゃべりをしていました」

「アリバイは成立ということですね」

由赤丸警部は答えず、またタンブラーを鼻の近くに持っていく。そして、

「君のほうはどうです？」

と訊ねた。

「針松さんの漫画は見つかったのですか？」

「見つかりませんでした。ひょっとしたらもう新藤が処分してしまったかもしれないと、針松さんはあきらめました」

「そうですか」

「でもその代わりに、新たな可能性が浮かんできました」

花岡は、針松望が先ほど現場で思いついたトリックについて、由赤丸に話した。

「ほほう」

由赤丸警部は花岡が書き写したトリック図を眺めて嬉しそうに笑い、ミックスナッツのアーモンドを摘まみ上げる。

「なかなか面白いトリックです。書道教室が本当に使えればの話ですが」

「針松さんをダーツバーに送ったあと、書道教室に行って聴取をしたところ、毎週木曜は休みにしていることが判明しました。当然、一昨日もです」

「鍵は？」

「ビルに入るのに鍵はいりません。書道教室のドアの鍵は、一階の集合ポストの中に入れてあるようで、それを知っている人なら入れるかと」

「今どき不用心なことですね」

そう言いながらもなお、由赤丸警部は楽しそうだ。花岡は報告を続ける。

「新藤に告白して振られた長塚《ながつか》隼人《はやと》という男は、現在仙台に出張しているとのことです。しかし、事務所にはパーティションに使う大きな板が何枚もありました。また、個人で軽トラックを一台所有しているとのことです。小さな会社ですので社員全員に聞き込みをしましたが、木曜の夜に彼が何をしていたのか知っている者はいませんでした」

容疑はかなり色濃いと、花岡は思っていた。

「クララ刑事に、朝一番で行ってもらうことになりました。明日には本人に聴取ができるはずです」

「わかりました」

由赤丸警部はにこにこうなずいた。その笑顔に、花岡の緊張が弛緩した。

「警部。今回は、私のほうが真実を導き出せたようですね」

「どうでしょうね」

由赤丸警部はぴくりと眉を上げ、そして意外なことを口にした。

「正確に言うと、針松望のアリバイは成立していないのです」

「はい？」

「《上海小景》で食事中、彼女は三十分、仕事の電話をかけるといって抜けているのです。七時十五分から四十五分のあいだとのことでした」

新情報だ。そしてどうやら由赤丸警部は、針松望を疑っているようだった。

「その中華料理屋はどこにあるんですか？」

由赤丸警部が告げた住所は、新藤のマンションまで徒歩で十五分ほどかかる距離だった。

「行って帰ってくるだけで三十分かかるじゃないですか。タクシーを拾えば顔がばれてしまうかもしれない。新藤を殺している時間はありませんよ」

「自転車を使ったというのはどうですか？　昼間のうちにその中華料理屋の近くに折りたたみ自転車を隠しておくのです。行きに五分、帰りに五分かかったとして、二十分確保できます。新藤さんの部屋に出入りしていたことがあるなら、書道教室が木曜休みなことも、集合ポストに鍵が入っていることも、知るチャンスはあったでしょう」

　不可解なことを言う人だ。普段から頭がいいことを自慢してはばからないものだから、負け惜しみを言っているのかと思ったが、スコッチの香りを楽しむこの余裕はなんだ？

「二十分じゃこんな大がかりなトリックは無理ですよ。それともやっぱり、部屋に入って殺害したというのですか？」

「いいえ。植木にスウェットのほつれが引っ掛かっていたことから考えて、新藤さんが物置の窓から外へ出たのは明らかです。外で殺害し、ベランダに放り入れたのです」

「じゃあやはり無理ということになります。針松さんは車を持っていないから板を引き上げる力もない。それに、ロープや板の処分はどうするんですか？　あとで処分するつもりでどこかに隠しておいたら、誰かに見つけられてしまうかもしれません」

「そのとおりですね」

　と言いながら、いよいよ楽しそうだ。花岡は次第にイライラしてきた。

「それにですね警部、このトリックを使うのは書道教室が休みの木曜日の夜しかチャンスがないんです。針松さんは木曜の夜は必ず観劇の予定を入れます。事件当夜はたまたま、舞台関係者の病気で中止になりました。病気は予定外です。この計画的なトリックを行うことは不可能ですよ」

「君にしてはいいところに気づきました」

ぴん、と由赤丸警部は人差し指を立てた。

「それが、彼女の意図だったんです」

7．

翌日、午前中から由赤丸警部の呼び出しを受けた花岡は、アウトドア専門店に連れていかれた。

「いらっしゃいませ」

ダッチオーブンの蓋《ふた》を開け、「これはすばらしい」と感嘆しはじめる由赤丸警部に、レンズの細い眼鏡をかけた男性店員がにこやかに話しかけてきた。

「このダッチオーブンは、ずいぶん軽いですね」

「最新のステンレス技術を使っておりまして、限界まで軽量化したモデルとなっております」

「たしかにダッチオーブンだからといって重い必要性は全くない。しかも熱伝導率がよさそうです」

「そのとおりです。従来の二倍の熱伝導率で、お料理も早くできるんです」

「燃料の節約にもなるし、軽ければ洗いやすい」

「さすがお客様。本物を見極める目がありますね」

「当然です。本当に頭のいい人間は……」

「あの」

割り込んだ花岡のほうを、二人はそろって振り返った。

「今日はダッチオーブンを見にきたのではありません」

「おお、そうでした、失礼」

由赤丸は蓋を置き、不思議そうな顔をしている店員のほうを見る。

「タープを拝見したいのです」

店員はさっきよりもむしろ楽しそうな顔になった。

「どうぞこちらへ」

二人が連れて行かれたのは上階だった。床全体に人工芝が敷かれ、テントやタープがそこかしこに立てられている。

「どういったタープをお探しでしょうか？」

「できるだけ支柱が長いものがいいんです」

花岡は言った。

「さらに欲を言えば、上に何かが載っても大丈夫な耐久性のある支柱がいいんですが」

「上に何かを載せる？　ふつう、支柱にあまり重い物を載せはしないんですが……」

質問の意図がわからないと戸惑いの表情を見せながら、店員はフロアをきょろきょろとした。

「花岡君、あれを見てください」

由赤丸警部が店の奥を指さしていた。大型のカーキ色のタープ。見覚えがある。

「バーベキューで使われていたものですね」

「ええと、色が違うような」

「《ジジ・エレファント》というロゴが一緒です。店員さん。このメーカーのタープは他にありますか？」

「サイズはあれ一点になりますね。色はカーキのほか、ターコイズとピンクがございます」

間違いなく針松が持っていたものだ。

「『ジジエレ』はタープもテントも支柱がぱっと組み立てられることで人気です。そういえば他メーカーのものに比べて四本の柱が長くて太いですね」

「この支柱の長さを測らせてもらっていいでしょうか？」

「ええ、どうぞ」

由赤丸警部に指示をされる前に、花岡はカバンからメジャーを取り出した。

8．

植物園でのイベントは、最悪だったな——警察の車の助手席で、望は苦笑を噛み殺す。

三か月ほど前から登録している、《トキワ・マッチング》のアルバイトだ。結婚を前提とした恋人探しのためのイベントを催行する会社だが、女性の登録者数が極端に少なく、イベントのたびにサクラのアルバイトを募集するのだった。

【植物園deマッチング！】という珍しいタイトルに惹かれて参加表明をしたのは二週間前のことだっただろうか。バイトとはいえ、午前中の和菓子屋巡りのあいだから気持ちが高まっていった。

ところが、開始時間になって目の前に現れたのは五十代らしき高齢の男性ばかり。たまに三十代っぽい人がいたと思ったら、植物の話を一方的にまくしたてるだけでまったく楽しくない。一緒に来ている女の子たちも「来なきゃよかった」という表情を隠していなかった。

そんな苦痛の時間が三十分も続いたころ、ふいに熱帯植物の向こうから見覚えのある顔がやってきた。花岡刑事だった。

「事件のことでご意見をうかがいたいことがあるので、ご一緒してもらえませんか？」

まさに救世主だった。すぐに主催者に事情を告げ、他の女の子たちに別れを告げて植物園を後にした。

運転席の花岡さんを改めて見てみると、けっこういい男だ。

「花岡さんって、恋人とかいるんですか？」

「え……」

戸惑ったような顔がまた、新鮮だ。

「いや実は、気になっている人がいるんですが、なかなか誘えなくて」

「えーなんでですか。誘えばいいと思うけどな」

「突然事件が起きたりするもので、せっかく約束を取り付けても流れてしまうことがあるんですよ」

「そうなんだ、大変ですね」

「はい。実は、金曜の夜もその人と会う予定だったんですが、新藤さんの事件がありまして
……」

「それはそれは」

悪いことをしました、なんて言えるわけがない。気まずくなる前に話題を変えよう。

「ところで、麗佳をベランダに上げるの、成功しましたか？」

「ああ、そうそう。針松さんの考案したトリックを実験したら、かなりうまくいったんです。

調整して、もう一度やるつもりですので、ぜひ見てもらえますか」

望はホッとしていた。あんなやり方が果たしてうまくいくのか、正直なところ自信がなかったからだ。だが成功したということはこれで、長塚隼人の容疑は固まるはずだ。

「お話ししたナガツカさんという方のことはわかりましたか？」

「私とは違う刑事が調べてくれました。事件当日はとある会社から受注した仕事の打ち合わせのために、電車で二時間ばかりかけて会社へと出かけたそうです。ところが教えられた住所に行ってみるとお寺で、会社なんてなかったと……ハッキリ言ってかなり信用できないおかしな証言をしているのです」

聞いていて笑いそうになる。これもすべて、望の仕業だ。

あの日、舞台の中止が昼に決まった直後、長塚の会社に電話をかけ、架空の会社の名前で大口の注文をちらつかせた。今日の午後七時に来てほしいと告げると、長塚は嬉々とした声で「必ずうかがいます」と大声で返事をした。車を使うかと思ったけれど、電車を使ったらしい。どっちでもいい。

「やっぱり長塚さんが犯人でしょうか？」

「まだなんとも言えませんが……アリバイがかなり怪しいことはたしかですね」

何もかも計画どおり。望はガッツポーズを必死に我慢した。

午後二時十五分。例の信用金庫の駐車場に着いた。

車を降りて雑居ビルを振り返ると、三階の廊下側の窓が開かれ、ロープが二本、垂れ下がっていた。ロープは、二つ隣の駐車スペースに停められた軽トラックの荷台に結びつけられている。

「わあ、本当にやってますね」

望は思わず言った。

「ええ、こちらへどうぞ」

花岡に先導されて路地にやってくると、アスファルトの上にパーティションがあるのが見えた。畳より少し小さい大きさのものが二枚つなげられ、ビルに近いほうの板には麗佳の遺体の代わりにスウェットを着せられた等身大の人形が横たえられている。穴が四か所開けられ、ロープが通されており、そのロープは書道教室の窓に延びている。——昨日、望が描いたイラストどおりの光景がそこにあった。忠実に再現してくれるなんて、警察ってかわいい。

花岡について、雑居ビルの階段を三階まで上る。開け放たれたドアから書道教室に入ると、窓際の壁につけられるように置かれた長机に凭《もた》れるようにして、由赤丸警部が待っていた。

「ご足労いただき、感謝します」

由赤丸警部は姿勢を正し、ぺこりと頭を下げた。

「花岡君から聞きましたが、今日はたしか和菓子屋巡りをしたあと、午後は植物園でイベントにご参加だったとか。私どものわがままにつきあわせてしまい、申し訳ありません」

「いえいえ、実は、あんまり面白くないイベントだったんで、かえって助かっちゃいました」

「そうでしたか」

自分の起こした殺人事件の捜査で、警察からアドバイスを乞われる——こんな刺激的なのだったら、イレギュラーの予定のほうがずっといい。

「それで、私に何を訊《き》きたいんですか？」

「はい。まずは、あなたが提案したトリックの実演をしますので、ご覧ください。花岡君、行ってらっしゃい」

花岡は頭を下げ、教室を出ていった。由赤丸に先導され、望もまた、廊下に出て窓から信用金庫の駐車場を見る。やがて花岡が現れ、こちらに向けて手を挙げた。

「では行きます。よーい、どん！」

大声をあげながら由赤丸は、いつの間にか手にしていた銀色の時計のようなもののボタンをかちりと押した。

「なんですかそれ」

「かつてセイコーが発売したストップウォッチです。クォーツ式ですがかなり正確で、陸上競技の世界大会のタイム計測でも使用されたものです。本当に頭のいい人間は、本物を持っていなければなりません」

「へぇー。なんだか楽しくなってきました」

駐車場では花岡が軽トラに乗り込み、エンジンをかけている。やがて軽トラは発進し、ロープがゆっくり引かれていく。

「針松さん、教室の中へ！」

「はい！」

教室に戻り、動くロープの邪魔にならないように窓に近づく。パーティションは浮き上がり、マネキン人形を引き上げていく。大きさは上手く計算されたもので、向こうの端がベランダの柵すれすれのところを上がっていく。そしてついに、柵にとりつけられた植木鉢に引っかかった。

ロープがさらに上がるにつれ、パーティションは斜めになり、マネキン人形はごろごろとベランダに落ちていった。

「やった、成功ですね」

望は由赤丸に手のひらを向け、ハイタッチを求めた。ところが彼は首を振り、手を出さないばかりか、ストップウォッチも止めない。

「これからですよ」

どういうことだろう、と思っていると、ロープが逆方向に動きはじめた。花岡が軽トラをバックさせているのだろう。

パーティションが降り切るのをわけがわからないまま眺めている。しばらくして花岡が走ってきて、ロープを手繰《たぐ》り寄せる。すべてのロープが路地に落ちたところで、今度は彼は二枚のパーティションをつないでいる金具を外しはじめる。

「花岡さん、何やってるんですか？」

「後片付けですよ」

決まってるでしょう、というように由赤丸警部は言った。

「手伝わなくていいんですか。金具を外すの、手間取ってますけど」

「不器用な男ですね。しかし犯人も一人でやったはずですから、手伝ったら意味がありません」

花岡はロープとパーティションをすべて軽トラに乗せるのに路地と駐車場を二往復し、階段を上って廊下と教室の窓を閉めるのに十一分二十三秒かかった。

「まあ、この不格好なトリックを使ったにしては早いほうですね」

ストップウォッチを眺めながら、由赤丸警部は言う。不格好というのは心外だけど、もちろんムッとした様子を見せるわけにはいかない。

「針松さん。このトリック、準備にも時間がかかりまして、十三分八秒を要しました」

「はあ……」

「路地から部屋の中にいる新藤さんを呼び出し、殺害するのにも、どんなに急いでも七分はかかるでしょう」

「まあ、そうですかね？」

実際、そんなものだったかもしれない。

「七分、十三分八秒、十一分二十三秒。合計三十一分三十一秒。これではかかりすぎです。それで、あなたにお伺いしたいのです」

由赤丸警部はストップウォッチをポケットにしまい、望に微笑みかけた。

「《上海小景》を抜け出している三十分のあいだに、どうやって犯行をできたのでしょうか？」

一瞬、何を言われているのかわからなかった。

「あの中華料理屋のすぐ裏手に公園がありました。植え込みの中に折りたたみ自転車を隠しておくことは可能です。これも午前中に花岡君が検証してくれましたが、ここまで四分三秒で来ることができます。男女の差を考慮して五分としましょう。行き帰りで十分。あなたは余った二十分のあいだにどうやって……」

「ちょっと待ってください」

ようやく望は言い返した。

「え？　え？　私が殺したっていうんですか？　犯人は長塚さんって話じゃなかったですか？」

「あれ、花岡君から訊いていないのですか？」

嫌な予感がした。

「……何をです？」

「長塚隼人さん、事件の二日前に階段から落ちて右手を骨折しているんですよ。片手しか使えないのでしばらく車の運転もできません」

氷水を浴びせられたような寒気——同時に、なぜ長塚が待ち合わせに電車を使ったのか、ようやくわかった。

「車の力を必要とするこのトリックは使えないし、そもそもワイヤー状のもので新藤さんの首を絞めるのも無理です。長塚さんが犯人でないとしたら一番怪しいのはあなたです」

予想外だ。せっかく長塚にアリバイがないように仕組んだというのに、骨折だなんて……花岡さん、どうしてそんな重要なことを教えてくれなかったの？

とっさに花岡を振り返ると、目をそらされた。この背の低い上司の指示通りに、わざと言わなかったに違いなかった。

初めから、はめるつもりだったのだ。

だけど大丈夫。見たところ彼らは、麗佳をベランダに放り込んだ本当の方法には気づいていない。

「由赤丸さん、私は毎週木曜日、観劇をする予定を入れています。必要なら今までにとったチケットの履歴を見せてあげてもいいです。事件の夜に観るはずだった舞台だってかなりのプレミアだし、推しの俳優さんに次いつ会えるかもわからないんですよ。私が犯人なら、木曜の夜を選んだりしません」

するとと由赤丸はちょび髭を押さえ、ふふ、と笑った。

「それが、あなたがこのダミートリックを用意した二つ目の理由です」

「えっ？」

「トリックを遂行するには、この書道教室が休みの日を狙わなければならない。書道教室の定休日が木曜日だということは、新藤さんのもとに通っていたときに知っていたのでしょう」

「知らないですよ」

「あなたは花岡君にトリックのアイディアを与えると同時に『木曜日の夜に予定を入れている人間には犯行は無理である』と刷り込ませたのです。……あなたが木曜の観劇を恒例にしたのは、一年前、雑貨屋の話が立ち消えになってからだそうですね。あなたはこの計画を遂行するために、常に木曜に予定を入れるようになった。そして、その予定が自分以外の要因でキャンセルになってしまうことを待ったのです。そうすれば、十分な用意が必要なトリックは使えませんからね」

……読まれている。

木曜日には絶対に最優先の予定を入れ続けてきたこの一年。正直、そんなに観たくもないコンサートのチケットにも費用を使った。

無駄にするわけにはいかない。

「でも、でも由赤丸さん、二十分で麗佳を殺してベランダに戻すのは、いずれにせよ無理。その方法がわからなきゃ、私を逮捕することはできないでしょ。どうです？」

「ですから、お願いしているのです。どうやってやったのか、教えていただけないかと」

ふざけたことを言う。初対面では面白いと思ったその顔が、今や憎たらしい。

「知らない。なぜなら私は、犯人ではないから」

由赤丸はじっと望の顔を覗き込んでいたが、やがて「仕方ありません」とつぶやいた。

「花岡君に実演してもらうことにしましょう。……いいですよ、クラーラさん！」

由赤丸警部が叫ぶと、

「いつまで待たせるのよ」

と、端正な顔のスーツ姿の女性が入ってきた。背中に、麗佳を模したマネキン人形を背負っている。肩から斜めにかけられているバッグを見て、望は卒倒しそうになる。

《ジジ・エレファント》のロゴの入った細長い袋。

「ありがとうございます、クラーラさん。そこに置いてください」

「ああ、重かった」

クラーラと呼ばれた彼女は、花岡の足元にタープと重いマネキンを置いた。

「そのタープ、昨日バーベキューにあなたが持参したものと同じですね？」

質問に、望は答えなかった。由赤丸はお構いなしにストップウォッチを取り出す。

「それでは始めましょう、花岡君」

いつでも来いというような顔の花岡。

「よーい、どん！」

花岡は四十数キロありそうなマネキン人形を抱え上げ、窓際の長机の上に置いた。次にタープのチャックを開き、折りたたまれたいくつかの金属棒を引っ張り出し、長い支柱を三本組み立てた。それを一本ずつ窓から外へ出し、麗佳のベランダの植木鉢の中に先端を入れ、固定する。（図3）

「なんだか滑り台みたいね」

三本の支柱が渡されたところで、クラーラ刑事がつぶやいた。花岡はうなずき、マネキン人形を支柱の上に載せる。上下滑りやすいスウェットに身を包んだマネキン人形は、すーっと支柱の上を滑っていき、見事ベランダの柵に達した。花岡は三本の支柱のうちの両端をそのままに、内側の一本を器用に動かして、マネキン人形をベランダに落とす。

「ナイス、イン！」

クラーラ刑事がそれを見て笑った。

【図3】

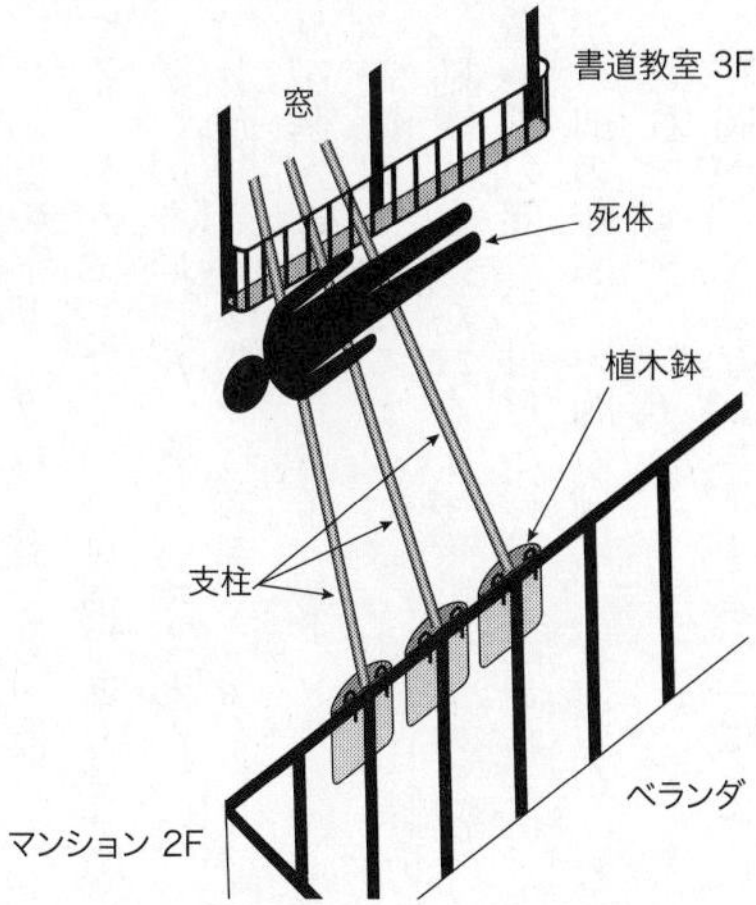

花岡は少しも笑わず、すぐに支柱を回収する。窓を閉めて鍵をかけ、支柱を折りたたみ、もとの袋に収納した。

「二分四十秒。遺体を机に引き上げるのにはもう少しかかったかもしれませんが、それでも、呼び出しの時間を合わせて二十分はかからないかと」

満足げに、由赤丸はストップウォッチを見せてきた。

「この教室には誰も入ってくる心配はないのだから、万が一人目につくかもしれない路地で犯行に及ぶことはないのです。新藤さんはあなたにここに呼び出され、殺害された。到着時にすでに支柱は伸ばしてあったのかもしれません。パーティションや軽トラックを使わずに、時間もかからない。スケジュール帳が予定で真っ黒のあなたにぴったりの方法だと思いますがいかがでしょう？」

皮肉っぽい言い方だ。

「……そのトリックは、誰でも可能。ジジエレのタープを持っている人なんてたくさんいますよ。私がやったという証拠はありますか？」

勢いのない声だ、と自分でもわかった。

由赤丸警部は黙ったまま、ゆっくりと廊下側の壁に歩いていく。壁一面に小学生たちの作品が個人ごとに貼られている。

「この教室では、その日最も上手に書けた一枚をこうして壁に貼るそうです」

「晴天」と書かれた小学校三年生の女の子の作品を由赤丸は指さした。

「半紙の隅に、日付が鉛筆で記されています。この作品は、事件の前日の水曜日の作品ですが、前の作品との間の糊に、髪の毛が一本ついていました」

「これです」

花岡が、小さなビニール袋を手にしていた。自宅の洗面台でよく見る、ウェーブのかかった茶色い髪が一本、入っている。

あのときだ——麗佳の首を絞めているとき、激しく抵抗されて、後頭部をその壁にぶつけてしまったのだ。

「あなたの毛髪と一致すれば、あなたが水曜の夜から金曜の夕方のあいだ、この教室に立ち入ったことが証明されます。殺人の証明にはならないとしても――」

「もういいです」

望はスケジュール帳を握った右手を、だらりと下ろした。

「スケジュールがいっぱいの私が、何の理由もなく、こんな書道教室に来るわけないです」

瞬間、明日からの予定が消えていく感覚に見舞われた。

まるで、紙の上に並べて楽しんでいたビーズが、風で吹き飛ばされていくようだった。

「ご協力、ありがとうございます」

頭を下げる由赤丸警部。

すべてが白くなったと思ったら、胸のつかえが取れた。

「計画を実行するためにあえて、木曜に予定を入れ続けるようになったんだと、由赤丸さんは言いましたね？」

「はい」

「本当はそれは違うんです」

おや、と由赤丸が意外そうな顔をしたのが、少しだけ爽快だった。

「麗佳との打ち合わせ、いつも木曜だったんです。空白になった木曜日、麗佳のことを思い出したくなくて木曜には絶対に外せない予定を入れるようになりました。そのあとで、計画を思いついたんです」

「ほう……」

「木曜だけ忙しかったら怪しまれるかもと思い、過去の友達に片っ端から連絡して、ネット上のサークルに出入りしたり、飲み屋で誘われた会に行ったりして、いつしかスケジュールが真っ黒になり、予定のない自分が許せなくなった」

なんて忙しい日々だったのだろう、と振り返る。

「由赤丸さんのおっしゃる通り、木曜の予定がキャンセルになる日が来るのを待っていました。その間も交友関係は広がって、顔見知りはたくさん増えました。その分、一人一人との関係は希薄になり、昨日のバーベキューだって、五人くらい名前を覚えていない人がいました」

「空白恐怖症ですね」

誰かにも同じことを言われた気がするけど、それが誰だかも覚えていない。

「自分では空白が怖いなんて思っていないんですけどね。やりたいことを片っ端からやって、必要とされて、充実しているんです。スケジュール帳が黒くなっていくのが楽しいんです。でも本当に、いろんな人の顔が朧《おぼろ》げになって……仲の良かった学生時代の仲間も、それどころか自分が憎んでいた麗佳の顔さえも」

「忙しさのあまり、新藤さんを殺害する計画は、不意の木曜日に用意された『穴埋めの予定』にすぎなくなったのですね？」

自分の言いたいことを端的にまとめられ、なぜだかほっとした。

「予定があるんだから行かなくちゃ。本当にそれだけだったかもしれない」

床に目を落とすと、猫の形のような墨汁のシミがあった。つい先日、この床に横たわっていた遺体の顔を思い出せない。

「由赤丸さん、教えてください。——私、誰を殺したの？」

なんて空白な質問だろうと、哀しくなった。

THE KIDNAPPING

*

五十嵐貴久

五十嵐貴久
(いがらし・たかひさ)

1961年東京生まれ。成蹊大学卒。出版社勤務を経て、2001年『リカ』で第2回ホラーサスペンス大賞を受賞してデビュー。'07年『シャーロック・ホームズと賢者の石』で第30回日本シャーロック・ホームズ大賞受賞。警察小説、時代小説、青春小説、家族小説など幅広い作風で映像化も多数。著書に『SCSストーカー犯罪対策室（上・下)』『PIT特殊心理捜査班・水無月玲』『バイター』『サイレントクライシス』、「交渉人」シリーズなどがある。

1

お前は何もわかっていない、と音北源三郎《おときたげんざぶろう》が黒檀の机を平手で叩いた。

「政治資金規正法違反で、我が民自党は大きなダメージを受けた。前文科省副大臣の池川《いけかわ》くんをはじめ、六人の国会議員が略式起訴されたんだ。以前から不祥事が続いていたこともあり、岸野《きしの》内閣は総辞職、解散総選挙が決まった」

お義父《とう》さん、と言いかけた浅野誠也《あさのせいや》を手で制し、黙って聞け、と音北が鋭い声で言った。

「党内最大勢力の清河《きよかわ》研をはじめ、我が光知《こうち》会を含む五派閥は解散した。だが、それは世論の批判をかわす表向きのポーズに過ぎない。この選挙が終われば、政策集団として元の鞘に収まる。それが政治の力学だ……内閣総辞職の後、私は矢山《ややま》幹事長と話し、今後矢山派は光知会と合流すると言質を取った。簡単に言えば第二勢力と第三勢力の合併で、長年続いた清河研の一強時代は終わる。次の総理は私、その次は矢山派から出ることになるだろう」

ぼくは反対です、と誠也は首を振った。

「矢山派と組むのはいいとしても、札束で頬を張るようなやり方は違うでしょう。昔とは違うんです」

素人だな、と音北が苦笑を浮かべた。

「政治には金が必要だ。矢山派は集金能力が低い。だから、我が光知会にすがってきたんだ」

「お義父さん――」

ここは私の家でも君の自宅でもない、と音北が唇を突き出した。若い時からの癖で、ひょっとこの面のように見えた。

「衆議院議員会館の音北事務所だ。君は私の娘婿だが、ここでは派閥の会長と一議員、その関係しかない。公私をわきまえろ。まったく、麻美《あさみ》はなぜ君と結婚したんだろうな。憲一《けんいち》さえ生きていれば……」

十年前、衆議院議員になった音北の息子、憲一は順調にキャリアを重ねていたが、三年前の旅客機墜落事故でこの世を去っていた。娘の麻美が固辞したため、周囲の説得もあり、誠也は勤めていた会社を辞め、憲一の代わりに議員となった。

音北の父は第百七代外務大臣の音北信之輔《しんのすけ》、義理の祖父は第五十五代内閣総理大臣狭山茂雄《さやましげお》、親族にも政治家が多数いる。誠也としては不本意だったが、政治家の娘と結婚した以上、やむを得ないという思いがあった。

言っても始まらんか、と音北が肩をすくめた。

「音北家の婿になった君に、他の道はない。当選一回で実績はなくても、東京七区は音北家の地盤があるから、黙っていても当選できるだろう。一緒に来てくれ、大阪で我が光知会の新人候補が苦戦している。いずれは君が光知会を継ぎ、トップになるんだ。不利な戦いでも勝つ方法を学ぶいい機会だ」

金ですか、と誠也はため息をついた。

「しかし、その前にぼくの意見を言わせてください。お義父さんは楽観視していますが、マスコミの調査でぼくは東京七区の当落線上にいます。他の候補の応援をしたり、音北流の選挙戦術を学んでいる暇はありません。足元をおろそかにして、ぼくが落選したら……」

「今日と明日だけの話じゃないか。まったく、お前は選挙について無知だな。麻美の方がよほどわかっている。この選挙が始まってから、あの子は地方を飛び回って、我が光知会の候補を応援しているんだ。憲一が死んだ時、無理にでも麻美を立てるべきだったが、今となっては遅い。いいかね、いざとなったら七区の票は金でどうとでもなるんだ」

今回は難しいでしょう、と誠也は言った。

「世襲政治家に対し、かつてない逆風が吹いています。ぼくを比例名簿の下位に置いたのは小選挙区で必ず勝てるとお義父さんが考えたからで、戦術としては理解できますが、有権者はそんなに甘くありません。落選しても、ぼくは諦めがつきますが、お義父さんは違うでししょう？　婿が選挙で負ければ、光知会会長として責任を問われ――」

誠也のスーツの内ポケットで着信音が鳴り、娘の名前が合成音声で流れ出した。奈々絵《ななえ》か、と音北が相好を崩した。

「浅野くん、出たまえ。私も孫と話したい」

誠也はスマホの画面に触れた。

「パパだよ。おじいちゃんも一緒だ」

あんたの娘を誘拐した、と低い男の声がした。

「衆議院議員浅野誠也、義理の父親はキングメーカーの音北源三郎……金は腐るほどあるだろう。五千万円用意しろ。二十四時間後、もう一度連絡する。金がない、時間がない、そんな言い訳は通じない」

「もしもし、君は誰だ？　何を言ってる？　奈々絵は？」

貸せ、と音北が手を伸ばした。

「私は音北源三郎だ。誰が糸を引いている？　民権実現党の奥沢《おくさわ》か？　まさか、私の失脚を狙う清河研の――」

政治もテロも関係ない、と男が言った。

「目的は金だ。さっさと五千万円を用意しろ。今日は月曜、午後四時を過ぎたから銀行の営業時間は終わったが、政界の大物なら何とでもなるだろう。浅野の自宅に五千万円の現金を運び、指示を待て」

いきなり通話が切れ、誠也と音北は顔を見合わせた。秘書の飯島《いいじま》くんを呼べ、と音北が怒鳴った。

「私は倉持《くらもち》警察庁長官と話し、善後策を――」

お義父さん、と誠也は音北の腕を摑んだ。

「待ってください。奈々絵の命が懸かっています。下手に警察を介入させると……」

何を言ってる、と音北が誠也の手を払った。

「奈々絵は誘拐されたんだぞ？　私と君、素人二人で何ができる？　あの子はまだ十歳だ。令和のこの時代、誘拐なんて頭がどうかしているが、そんな奴ほど何をするかわからん。奈々絵に何かあったら、責任を取れるのか？」

あの子は私の娘です、と誠也は首を振った。

「娘を守るのは、父親である私の役目です。声の印象ですが、犯人は冷静なようでした。とにかく五千万円を準備して、連絡を待つべきだと――」

君は、と音北が誠也を睨みつけた。

「まさか……偽装誘拐か？　借金でもあるのか？　私に五千万円を用立てさせるための狂言を――」

「そんなわけないでしょう！」

黒檀の机の上の電話が大きな音で鳴った。音北が素早く受話器を耳に押し当てると、わたしです、と麻美の声が漏れ出した。

「たった今、変な電話があって……奈々絵を誘拐した、後は音北源三郎に聞け、それだけ言って切ったんです。お父さん、何があったの？　誠也さんは？」

誠也は奈々絵の携帯に電話を入れたが、電源が入っていません、とアナウンスが流れるだけだった。

すぐ折り返す、と音北が受話器を戻し、飯島くんを呼べ、と命じた。

「彼は警察庁出身のキャリアだ。我々だけではどうにもならん。それは君もわかっているはずだ」

やむを得ません、と誠也はドアを開けた。壁の時計が四時半を指していた。

2

午後十時、警視庁の覆面パトカーが根津《ねづ》美術館の角を曲がり、一キロほど走ったところにあるコインパーキングで停まった。

参ったな、と助手席で千田《せんだ》は額に手のひらを押し当てた。ハンドルから手を離した綿貫《わたぬき》純菜《じゅんな》警部補がうなずいた。

「人目につくな、警察の動きを気取《けど》られるな、一人で来い……でも、国会議員の命令ですから、従うしかないでしょう」

夕方四時半、千田は一課長の塚本《つかもと》と管理官の権藤《ごんどう》に呼ばれ、衆議院議員浅野誠也の一人娘、奈々絵が誘拐されたと説明を受け、同時に捜査の指揮を命じられた。

一時間ほど前、奈々絵の祖父で光知会会長の音北から、捜査の状況説明の要請があった。相手が民自党派閥の会長だから、そこは仕方がないと千田は思っていた。

誘拐事件の捜査は刑事部一課内にある第一特殊捜査一係及び第二係の担当で、警視の千田が指揮官になったのは、誘拐された十歳の少女の父親が衆議院議員という特殊性による措置だ。

だが、誘拐は特殊な犯罪で、他の事件と違い、極秘捜査を要求される。犯人が警察の動きを察知すれば、人質を殺害する恐れがあるためだ。

従って、現場に投入できる捜査員の数は制限される。SSBC（捜査支援分析センター）その他支援部署の全面的な協力態勢こそ取り付けたが、捜査は進んでいない。

「報告しろと言われてもなあ……」

愚痴をこぼした千田に、警視の役目です、と綿貫が慰め顔を向けた。

「警部補や警部に、国会議員の相手はできません。偉くなれば責任が重くなるのは世の常です」

勘弁してくれ、と千田は車を降りた。綿貫と二人で百メートルほど北に向かって歩くと、スーツの男が近づき、浅野の運転手の諸星《もろぼし》です、と小声で名乗った。

「警視庁の千田警視と綿貫警部補ですね？　一緒に来てください」

諸星の顔が緊張で強《こわ》ばっていた。三十代前半に見えたが、不安そうな様子だ。

後に続くと、閑静な住宅街の一角に三階建の家があった。表札にASANOと記されていた。

諸星がインターフォンを押すと、門が自動で開いた。石畳を進み、玄関の前に出ると、扉が開き、中から憔悴しきった様子の三十代半ばの女性が頭を下げた。

「奈々絵の母の浅野麻美です。お入りください」

失礼します、と千田と綿貫は靴を脱ぎ、スリッパに履き替えた。麻美の背後でワイシャツ姿の若い男が頭を下げたが、先に来ていた警視庁科学捜査研究所のサイバー犯罪捜査官だ。

長い廊下の壁に、所狭しと家族写真が飾ってあった。アメリカの家みたいですね、と綿貫が囁いた。

「浅野議員も奥様もロサンゼルスに留学していたそうです。お嬢さんの写真もたくさんありますよ」

髪の長い美少女が犬と写っているスナップ写真があった。可愛い子だな、と千田はうなずいた。

浅野誠也について、簡単な経歴を綿貫が調べていた。十二年前に明生《めいせい》大学を卒業後、ゲーム機メーカーに入社、その一年後に大学の後輩、音北麻美と結婚した。娘の奈々絵が生まれたのはその翌年だ。

いわゆる授かり婚で、音北が激怒したという話は千田も聞いたことがあった。誠也に政治家になるつもりはなく、婿養子に入ったが、距離のある関係が続いていたという。

だが、その後音北の一人息子、憲一が旅客機事故で死亡したため、誠也が地盤を継ぎ、憲一の死去に伴う補欠選挙で当選し、衆議院議員になった。表札に二つの名字が並んでいるのはそのためだ。

三カ月前、政治資金規正法違反で六人の国会議員が立件され、民自党の裏金作りが強い批判を浴びた。岸野総理の辞任、内閣総辞職を受けて、解散総選挙が実施されることになった。投票日は六日後だ。

このタイミングで誠也の娘が誘拐されたのは、選挙絡みと考える方が自然だ、と千田は考えていたが、他の可能性もないとは言えない。詳しい事情を把握しないまま、考えを口にする気はなかった。

麻美がリビングのドアを開けた。廊下と同じように、正面の壁一面が家族写真で埋まっていた。

ソファで向かい合わせに座っていた音北と誠也が暗い顔を向けた。

「警視庁の千田と申します。彼女は綿貫警部補です」

座ってくれ、と音北が一人掛けのソファを指した。

「一体どうなってる？　私は光知会の音北源三郎だぞ？　警察庁長官、警視総監、誰に聞いても曖昧な返事しかしない。君が直接の責任者だと聞いたが、どんな手を使ってでも奈々絵を無事に取り戻してくれ。万が一のことがあったら――」

お父さん、と麻美が手で制した。

「わたしも混乱していて、どうすればいいのかわかりません。千田警視の話を聞きましょう」

千田はソファに腰を下ろし、まだ捜査は始まったばかりです、と口を開いた。

「警視庁はこちらと目黒の音北先生のご自宅、議員会館の音北事務所の固定電話、音北先生、浅野先生、奥様の携帯電話に逆探知用のソフトをインストールしました。犯人から連絡が入れば、数秒で居場所を特定できます。しかし、今のところ電話はありません」

便利な世の中になったもんだ、と音北が吐き捨てた。

「昔の映画なら、刑事が大挙して家に入っただろうが、今はその必要がないと警視総監から説明があったよ。しかしねえ……」

言っても無駄か、と音北が目をつぶった。

「それで？　君はどうするつもりだ？」

こちらのハウスキーパーに電話で伺いましたが、と千田は麻美に目をやった。

「今日、九月九日は月曜ですが、午前八時、奈々絵さんは小学校に登校、午後三時頃に帰宅したわけですね？　その三十分後、犬の散歩に行くと言って家を出たそうですが……」

プリンです、と麻美が目を伏せた。

「今年で五歳になるトイプードルなんですけど、奈々絵はすごく可愛がっていて……毎日、一緒に散歩をしていました」

「奥様は外出されていたと聞いています。どちらへ？」

宇都宮です、と麻美が答えた。

「先週から選挙が始まり、父に頼まれて地方の民自党候補者のお手伝いをしていました。昨日から北関東に入り、明日の夜東京に戻って、夫が立候補した東京七区で応援をする予定だったんですけど、こんなことになって……」

お察しします、と千田はうなずいた。

「それで、ワンちゃんの散歩コースはいつも同じですか？」

そうです、と麻美がうなずいた。

「家を出て、根津美術館の前を通り、美術館通りから南青山の方へ……骨董《こっとう》通りから青山通り、表参道駅からみゆき通りに出て、家に帰ってきます」

「トイプードルですか……小型犬ですが、かなりの運動量ですね」

あの子が小学校に上がった時、私がプレゼントしたんだ、と音北が言った。

「何が欲しいかと尋ねたら、子犬と言ったので、フランス大使館に頼んで血統書付きのトイプードルを手に入れた。百五十万円ほどだったが、奈々絵の笑顔には代えられん。トイプードルは猟犬で、小さいがよく歩く。一、二度、私も付き合ったが、とてもじゃないがついていけなかったよ」

先生の携帯に電話があったのは午後四時三十一分でした、と千田は誠也に目を向けた。

「娘を誘拐した。五千万円を用意しろ、二十四時間後にもう一度連絡する……そう言ったんですね？」

無言で誠也がうなずいた。犯人が奥様に連絡を入れたのはその二分後です、と千田は時計を見た。

「娘を誘拐した、五千万円を用意し、二十四時間後に連絡するから自宅で待て……内容は同じです。どちらも男性の声で、年齢は三十代から五十代、特徴はなく、ボイスチェンジャーその他で声を変えている様子はなかった……ここまで、よろしいですか？」

はい、と誠也と麻美が同時にうなずいた。この辺りは防犯カメラが少なくて、と千田は腕を組んだ。

「古い住宅街ですし、静かな町ですから犯罪もめったに起きません。防犯カメラが少ないのは、そのためもあります」

職務怠慢だな、と音北が唇を曲げたが、構わず千田は先を続けた。

「警察には何も言うな、という誘拐犯の常套句がありますが、そこには触れてないんですね？　言ったところでと考えたのか、他に理由があるのか……どちらにしても、お嬢さんの命が懸かっています。警察としても迂闊に動けません。それでも、聞き込みでいくつかわかったことがありました」

「何でしょう？」

麻美の問いに、千田は背広の内ポケットから小型のタブレットを取り出した。呼び出したのは付近の地図だった。

ご自宅はここです、と千田は地図を押さえた。

「根津美術館前交差点を左折したお嬢さんが美術館通りを犬と散歩する姿を、バスの運転手が見ていました。ドライブレコーダーに映っていた時間を確認したところ、午後三時十分でした」

この辺りです、と千田は美術館通りを指で拡大した。

「その情報を元に、午後三時以降四時半まで、我々はこの道を走行していたタクシーのドライブレコーダーを調べました。こちらはその写真ですが、見てください……ハザードをつけた黒いミニバンが停まっています」

画面をスワイプすると、タブレットに黒いミニバンが映し出された。

「足立ナンバーの車両で、本庁交通課に問い合わせると、一昨日荒川区内で盗まれた車でした。バスのドライブレコーダーによると、南青山方向へ向かっています。前後の状況を考え合わせると、お嬢さんを誘拐した犯人の車と断定していいでしょう」

「それで?」

進行方向から、骨董通りを経て恵比寿に向かったと予測できました、と千田はルートに指で線を引いた。

「周辺を調べたところ、六本木通りを越えた辺りにマルサメというスーパーマーケットがあり、地下駐車場でこの黒のミニバンが見つかりました。約百台が駐車できる広さがあり、太い柱が何本も立っています。犯人はそこで車を乗り換えたと思われます。今日の午後一時頃、何者かがペンキ缶でスプレーを吹き付けたため、マルサメの地下駐車場の防犯カメラは撮影不能になっていました。犯人がやったんでしょう。入念な準備をしているのがわかります」

感心してどうするんだ、と音北がソファのひじ掛けを叩いた。

「スーパーマーケットなら、いくらでもカメラがあるだろう。出入りした車を調べれば、犯人がわかるんじゃないか?」

マルサメは二十四時間営業です、と千田は肩をすくめた。

「買い物客はもちろんですが、料金を支払えば客でなくても駐車場を使えます。そして、犯人がいつから車を停めていたのかは不明です。丸一日前、一週間前かもしれません」

「特定できんのか?」

対象が多すぎます、と千田は首を振った。

「既に判明しているだけでも、この四十八時間で四百台以上が駐車場を出入りしています。ナンバーから所有者を捜していますが、犯人が用意したのはやはり盗難車でしょう。車両を特定できても、犯人が映っていなければどうにもなりません」

事態を複雑にしている事情もあります、と千田は音北と誠也を交互に見た。

「五千万円を用意しろ……犯人は浅野先生と奥様に、お嬢さんのスマホから連絡を入れています。スマホに登録されている番号から、パパ、ママを選ぶのは簡単ですし、着送信履歴でもご両親の番号はわかったと思います。身代金目的の誘拐と考えられますが、犯人が周到に準備を重ねていたのは確かです。民自党光知会会長の孫、衆議院議員の娘だと知らなかったはずがありません」

つまり、と音北が口を開いた。

「政治目的の誘拐だと言いたいのか? 今はまさに選挙戦の真っ只中だ。私と浅野くん、そして麻美も最前線に立っている。それを妨害するために奈々絵をさらったのか?」

可能性はあります、と千田は顎《あご》の辺りを掻いた
「国民の間で民自党、そして岸野総理への不信感があったのは確かです。不満を抱いていた者もいたでしょう。今回の選挙を世直しのチャンスだ、と捉える者がいても不思議ではあり

ません。野党やその支持団体が民自党政権打倒のためにお嬢さんを誘拐した……ない話とは言えません。ですが、その場合粗暴犯ではないので、お嬢さんに危害を加えるとは思えません」

麻美が深いため息をついた。とはいえ、反社構成員などによる犯行という線も捨て切れません、と千田は言った。

「犯人は五千万円という身代金を要求していますからね……国会議員の血縁者が誘拐されたわけですから、他と同列には扱えません。捜査本部を警視庁本庁に設置、第一特殊捜査一係が総力を挙げて犯人の行方を追っています。今後は政治目的、身代金目的の両面捜査となりますが、一係の捜査員は約二十名、誘拐事件の捜査は大人数を動員するとかえって危険です。そうは言っても二十名は二十名で、どちらかに絞りたいのが私の本音なんですが……音北先生、浅野先生、どう思われますか？　犯人に心当たりは？」

あるわけないだろう、と音北が煙草に火をつけた。かすかに手が震えていた。

「ただ、時期が時期だ。君が言うように、政権奪取を試みる野党、その支援団体による選挙妨害かもしれん。今日の夕方以降の予定を、私はすべてキャンセルした。光知会会長の私が動けなくなれば、落選する者が出るかもしれん」

「わかります」

「政治は複雑で、さまざまな要素が絡み合っている。調整ができずに、民自党の他派閥の候補者との戦いとなった選挙区もあるんだ。光知会の候補者の得票数が少なければ、他派閥の得になる、と考える者がいたっておかしくない。だが、犯人の狙いが何であれ、こんな脅しに屈するわけには――」

お父さん、と麻美が首を振った。

「そんなこと、どうでもいいでしょう！　民自党がそんなに大事？　誘拐されたのは奈々絵なのよ？　わたしたちの一人娘で、お父さんにとってはたった一人の孫なのに……」

しばらく沈黙が続いた。犯人ですが、と千田は空咳《からぜき》をした。

「お嬢さんの誘拐に車を使ったのは間違いありません。我々は今日の午後四時半以降、スーパーマーケット付近を走行していた自家用車を含む全車両の洗い出しを始めています。最新の調査によると、ドライブレコーダーの普及率は五二・五パーセント、東京に限定すると六十パーセント以上です。犯人が使用した車両の発見、そしてどこへ向かったかがわかる可能性は高いと私は考えています。ただ、どうしても時間がかかります。ご心痛は理解できますが、今は犯人からの連絡を待つべきでしょう。お辛《つら》いでしょうが、耐えてください」

「奈々絵は生きてますよね？　無事に帰ってきますよね？」

涙を拭った麻美に、もちろんです、と千田は答えた。隣で綿貫が大きくうなずいた。

3

九月十日火曜日、千田は腕時計に目をやった。午後三時半になっていた。

そろそろですね、と綿貫が囁いた。広いリビングの隅で、千田は綿貫と並び、椅子に座ったまま視線を上げた。

テーブルの固定電話と二台の携帯電話を誠也と麻美が見つめている。二人とも顔が青かった。

今朝早く、光知会の候補者の応援のため、音北が福岡に向かった。犯人が音北の携帯電話に連絡を取る可能性もあると千田は止めたが、音北に聞く耳はなかった。

誠也も同行する予定だったが、娘が誘拐されて選挙の応援などできるはずもない。自らが立候補した東京七区での選挙に専念すると音北に伝え、更にぎっくり腰と理由をつけ、自宅へ戻っていた。

未成年者が誘拐された場合、と千田は二人に目を向けた。

「両親がいないとまずい。浅野先生がそこをわかってくれて助かった」

犯人が使用するのはお嬢さんのスマホです、と綿貫が言った。

「父親または母親の携帯に電話を入れると思いますが、選挙戦妨害のためなら、音北会長の携帯に電話して、孫の悲鳴を聞かせるでしょうね」

この誘拐は計画的だ、と千田は綿貫の耳に口を近づけた。

「相手は民自党のドンと衆議院議員だぞ？　一般人とは違う。警察が総力を挙げて捜査するのはわかっていたはずだ。要求額は五千万円だが、音北先生にとっては大金じゃない。それを考えると……」

何でしょう、と尋ねた綿貫に、選挙妨害の線が強い、と千田は眉間を指で揉んだ。

「犯人の狙いは音北会長の動きを封じ、浅野先生を落選させることだ。前回の補欠選挙は亡くなった音北憲一氏の弔い合戦で、民自党も挙党体制で応援した。だから浅野氏は当選したが、国会議員としての実績はないに等しい。名前と地盤はあるが、世襲政治家への非難の声が高くなっている今、金で票を買うやり方は通用しない。選挙活動ができなければ、浅野氏は落選するだろう」

「はい」

「犯人は音北会長が連絡を待つ、と読んだんだろうが、甘かったな。噂じゃ、光知会は矢山派と手を結んだらしい。総理の座につくためなら、孫娘がどうなってもいいと考えたのか……政治家ってのはまともじゃないな。孫娘が可愛くないのか？」

犬もです、と綿貫が壁の写真を指さした。中央にあったのは、誠也、麻美、そして奈々絵とトイプードルが正装した集合写真だった。

「わたしも柴犬とチワワのミックスを飼っていますけど、可愛くて可愛くて……こういう仕事ですから、どうしても時間が不規則になりますが、うちの子はわたしの帰りをじっと待っているんです。犯人が犬もさらったのは、ご両親に心理的なダメージを与えるためでしょうか？」

秘書や使用人に確認したが、と千田は言った。

「父親も母親も多忙で、留守が多かったようだ。それもあって、犬を可愛がっていた、と話してたよ。犬は飼い主の愛情に応える習性がある。娘が不審人物に何かされたら、嚙み付いたっておかしくない。犯人は犬を殺したが、誘拐の露見を遅くするため、犬の死体を持ち去ったんじゃないか？」

吠えたでしょうね、と綿貫がうなずいた。

「誘拐の邪魔になるから殺した……残酷過ぎます。選挙妨害のための誘拐、と警視は想定されていますが、そうとは言い切れないのでは？　娘さんにも危害を加えたかも――」

声が大きい、と慌てて千田は首を振った。

「SSBCから連絡は？」

千田の問いに、ドラレコですが、と綿貫がタブレットを開いた。

「犯人の姿が映っていた車を発見した、と報告がありました。帽子をかぶり、マスクをつけているので、人相は不明……これです」

「……女か？」

道に停まっている黒いミニバンが画面に映り、中年の女性がトイプードルを連れた少女に話しかけていた。一瞬の映像だが、女性なのは確かだ。

「待て、巻き戻してくれ……運転席に誰かいる。男のようだ。やはり帽子にマスクか……五十歳前後じゃないか？　夫婦のような感じがする」

何とも言えません、と綿貫が画面を見つめた。

「夫婦と言われたら、そんな気もしますけど……四十代半ばから五十代半ばだと思いますが、正確には不明です。ドラレコの持ち主は、この男女と少女を覚えていませんでした。走り過ぎただけですから、特に注意しなかったんでしょう。ただ時間を考えると、この二人が犯人と見て間違いないと思います」

体格がわからない、と千田は腕を組んだ。

「まだ暑い季節だが、服を重ね着しているようだ。それだけでも不審人物だよ。しかし、誘拐犯が男女だとは思わなかった。過去の例を見ても、女性の誘拐犯は少ない。離婚話がもつれて実子をつれ去ったり、子供のいない女性が出来心で、というパターンはあるが……」

男性が主犯で女性は共犯かもしれませんと言った綿貫に、いや、と千田は指で画面を押さえた。

「そういう感じはしない。勘と言われたらそれまでだが、赤の他人ってわけじゃなさそうだ。

思い込みかもしれないが――」

固定電話が鳴り、反射的に千田は顔を上げた。

午後三時五十五分。すべての電話は自動的に録音される。

犯人です、と綿貫が唇だけで言った。千田は立ち上がり、出てください、と手で指示した。

「もしもし」

スピーカーホンのボタンを誠也が押すと、横須賀の野川《のがわ》ですけど、と老女の声がした。

「源三郎は？　あの子、ちっとも連絡してこないのよ」

誠也が長い息を吐いた。母です、と麻美が囁いた。

「一年ほど前から、田園調布の施設に入っています」

先生は議員会館におられます、と誠也が答えると、はあ、と老女がため息をついた。

「困るのよ。ねえ、あなた……誰だっけ？　誰でもいいけど、ここの校長先生に言っておいて。泥棒がいるのよ。若い子ね、高校生じゃないかしら？　あの子たち、わたしの携帯電話で何か買ってるのよ。わたしにはわかるの、源三郎に伝えておいてくれる？　わたしは横須賀に帰りたいって」

唐突に通話が切れた。田園調布の施設では、と首を傾《かし》げた綿貫に、本人はわかっていないんです、と麻美が顔を伏せた。

「父と結婚する前、母は横須賀に住んでいました。でも認知症が進んで、施設に入れた方がいいと父が決めて……母はそこを学校だと思い込んで、所長さんを校長先生、職員の皆さんを生徒と呼ぶんです。調子がいい時は普通に会話できますけど、何か気に入らないことがあると、横須賀に帰りたいと泣き続けたり……父のことも弟だと思っているようで、連絡をしなさい、と週に何度か電話が入るんです」

四時を回りました、と綿貫が壁の時計を指さした。

「犯人から連絡があるのは、今から一時間以内でしょう。五千万円の準備ができたこと、お嬢さんの安否、その二点を確認し、なるべく通話を引き延ばしてください。犯人の位置はすぐ特定できますが、警察官の到着まで時間を稼ぐ必要があります。万が一ですが、犯人が逃げても、会話で何かわかることがあるかもしれません」

それから六時間、千田は誠也、そして麻美と共に犯人の連絡を待ち続けた。だが、電話はなかった。

4

九月十一日午後十時、埼玉県和光市の県立樹林公園のバーベキュー広場で眠っていた少女を発見、と一報があった。

一時間後、綿貫が浅野奈々絵を連れて戻り、見つけたのは公園の警備員です、と報告を始めた。

「樹林公園のバーベキュー広場には、小型のテントが十個ほど設営されています。奈々絵さんはそのひとつの中で眠っていました。犬も一緒です。怪我はなく、毛布がかけてありました。医師の話では、睡眠薬を飲まされたようですね」

「睡眠薬？」

千田は横に目をやった。誠也と麻美が娘を抱きしめ、大粒の涙をこぼしていた。

「こちらへ戻る途中、本人に話を聞きましたが、はっきりした記憶はありません。犯人が食事に混ぜたんでしょう」

「食事？　犯人が食べさせたってことか？」

首を傾げた千田に、直接聞いてください、と綿貫が一歩下がった。少女の足元で、トイプードルが大きく欠伸《あくび》をした。

浅野先生、と千田は声をかけた。

「少しだけ、お嬢さんと話をさせてください」

千田は少女の前で膝をついた。目線を同じにすると、子供でも話しやすい。

「おじさんは刑事なんだ。小学校二年生の息子がいる。千田さんって呼んでくれるかい？」

はい、と奈々絵がうなずいた。あどけない顔に、笑みが浮かんでいた。

「怖いかもしれないけど、何があったかおじさんに教えてほしいんだ。一昨日の夕方、君はこの犬と……」

　プリンです、と奈々絵が犬の背中を撫でた。

「プリンと二人で散歩に行きました。しばらく歩いてたら、おばさんに声をかけられたんです。可愛いワンちゃんねって」

　おばさん、と千田は頭の隅でメモを取り、先を促した。可愛いから抱っこしてもいいかしらって聞かれて、と奈々絵が言った。

「もちろんって答えました。プリンは誰にでもなつくんです。みんなから可愛いねって言われるの。頭がいいから、お手とか伏せもできます。時々、抱っこしたいっていう人もいて、プリンも喜ぶんです」

「それで？」

　車にうちのワンちゃんがいるっておばさんが言ったんです、と奈々絵が手で車体の形を作った。

「黒くて小さな車。後ろのドアを開いたら、真っ白なトイプードルがいて、プリンが車の中に入っちゃったの。プリンは人でも犬でも、すぐ友達になっちゃうんです」

「そうなんだね」

「プリンとそのワンちゃんが遊び出して、楽しそうだからちょっとドライブしましょう、っておばさんがジュースをくれて、その後は……覚えてません。何だかすごく眠たくなって、寝ちゃったの」

ジュースに睡眠薬を混入させたんでしょう、と囁いた綿貫に、そうらしいとだけ答えて、千田は奈々絵を見つめた。

元気そうだし、体調に問題はないようだ。もう少し話を聞いても構わないだろう。

「その後は？」

わかりません、と奈々絵が首を振った。

「ずっと車で走ってて、どこかで停まったの。寝ぼけてたあたしをおばさんがおんぶして、家に入ったのは覚えてる。それで……ベッドに寝かされて、コンビニのサンドイッチとかおにぎりを食べました。あと、アイスクリーム」

「怖くなかったかい？」

プリンが一緒だったから、と奈々絵が犬の首の辺りを掻いた。嬉しそうに、犬がひと声吠えた。

「ごめんね、ごめんねって、ずっとおばさんが謝ってた。優しいおばさんで、プリンがなついてたから、それはゼッタイです。おトイレも行かせてくれたし、テレビも見てたけど、ずっと眠くて……何度か、おじさんがプリンを散歩に連れていってくれた。あたしも一緒に行きたかったけど、ごめんね、それだけは駄目なのっておばさんが言ってました」

「写真を撮られたりしていない？　服は着ていた？」

綿貫が不安そうに少女を見つめた。金目当てではなく、少女の映像目的の誘拐だった可能性がある、と千田も思った。

奈々絵は生まれも育ちもお嬢様で、しかも美少女だ。幼児趣味の変態なら、そそられる何かがあってもおかしくない。

五千万円はフェイクで、少女の裸を撮影するための誘拐なら、かすり傷ひとつなく戻ってきたのも説明がつく。

服は着てました、と奈々絵が答えた。

「おんぶの時は別だけど、おばさんもおじさんもあたしに触らなかったです……夜になって、カレーを食べました。コンビニのカレーです。そうしたら、また眠くなって……覚えているのはそれだけです。気がついたら、誰かがあたしを懐中電灯で照らして、起きなさいって……プリンと一緒に公園で寝てたんです」

「おじさんとおばさんが公園に連れていった？」

そうだと思います、と奈々絵がうなずいた。

「ぐっすり眠って、毛布もあったし、テントなんて初めてだったから、何だか楽しくなっちゃって……プリンも喜んでました」

「おじさんとおばさんは何か言ってた？」

ごめんねって謝ってました、と奈々絵が言った。

「本当にごめんね、お家に帰れるからねって……全然知らない公園だったから、最初はびっくりしたけど、パトカーに乗ったら、すぐ家に着いちゃった」

もう十分でしょう、と誠也が奈々絵を抱きしめた。

「怪我はないようですが、念のためにホームドクターを呼びました。ずっと風呂に入っていないようです。シャワーを浴びて、今夜はゆっくり休ませたいと……」

お願いします、と麻美がうなずいた。やむを得ません、と千田は肩をすくめた。

「ご両親のお気持ちは理解できます。お嬢さんに事情を聞くのは明日にしましょう」

誘拐犯に関する情報を詳しく聞くのが千田の仕事だが、強引にとはいかない。千田にも息子がいる。子供を思う親心は誰でも同じだろう。

誠也と麻美が奈々絵の手を握り、リビングを出た。後に続いたプリンが小さく鳴いた。

5

木曜、金曜と千田は奈々絵、そして両親に話を聞いたが、犯人の正体は不明なままだった。身代金目的、あるいは異常性愛者による犯行ではない、とわかっただけだ。

土曜の朝、誠也が選挙戦に戻ったが、月曜の夕方から金曜まで一切選挙活動をしていなかったためか、投票日の日曜の夜、早い段階で落選が決まった。

「個人かグループかは別として、反民自党勢力による選挙妨害を目的とした誘拐、ということでしょうか？」

日曜夜十時、桜田門の警視庁本庁舎でテレビを見ていた千田に、綿貫が声をかけた。

本庁に置かれた浅野奈々絵誘拐事件の捜査本部は、捜査を継続していた。ただ、人質が無事に戻り、身代金の受け渡しもなかったため、詰めていた二十名の捜査員はそれぞれ帰宅している。残っていたのは千田と綿貫だけだ。

いや、と千田は首を横に曲げた。大きな音が鳴った。

「浅野誠也は落選したが、彼は下馬評でも当落ぎりぎりのラインにいた。落選したのは事件と関係ない。名字こそ浅野だが、東京七区では音北源三郎の娘婿だと誰もが知っている。岸野内閣が解散したのは裏金問題をはじめ、多くの不祥事があったからだが、特にクローズアップされたのは特権階級化した世襲議員の存在だ」

「そうですね」

「ざっくりした言い方になるが、今回の選挙は最初から浅野氏にとって不利だったんだ。音北先生が楽観視していたのは、昔の流儀が通用すると考えたからで、国民の怒りを甘く見ていたんだな。浅野氏の落選は、ある意味で当然だったのかもしれない」

浅野氏は当選一回の衆議院議員です、と綿貫が指を一本立てた。

「三十四歳とまだ若いですし、目立っていたわけでもありません。犯人にとって、浅野氏の当落は二の次だったのでは？　本線は音北会長の動きを封じることで、光知会所属議員に陣中見舞いと称して金を配るのを止めるための誘拐だとすれば……」

それなら犯人の読みは大外れだ、と千田は苦笑した。

「音北先生は誘拐された孫を放って全国を回り、光知会の候補者をあらゆる形でバックアップした。テレビを見ろ。彼が応援した光知会の主立った候補者は、軒並み当選を決めている」

孫より選挙を優先するとは犯人も思っていなかったでしょう、と綿貫が言った。

「子供より孫が可愛い……世間ではよくそう言いますよね？　調べてみましたが、音北先生は孫娘への溺愛ぶりを、民自党の公式ホームページのインタビューで話していました。民自党はもちろんですが、野党の議員たちの間でもよく知られていたそうです。孫が誘拐されたら選挙を捨てる、犯人がそう考えたのはわかります」

それも違う、と千田はリモコンでテレビのボリュームを下げた。

「君が言うように、反民自党グループによる誘拐だったとしよう。その場合、犯人は政界に詳しい者ってことになる。民自党の公式ホームページや音北先生の過去の発言などを通じ、孫娘が音北先生のアキレス腱だと知っていた。だから、孫娘を誘拐したんだ」

「そうです」

「だが、それなら音北先生の性格もわかっていたはずだ。彼にとって何よりも重要なのは総理の椅子で、誘拐された孫娘より選挙の勝利を優先するとね……実際、そうだっただろ？音北先生は孫娘が誘拐された翌日、地方に飛んで光知会所属の候補者の応援に回った。裏金を配ったか、地元の実力者と話し合ったのか、その辺りはわからないが、犯人が政界に詳しければ、そこを読めなかったはずがない」

「でも、孫が誘拐されたら……常識で考えれば、祖父は不安で何も手につかないでしょう。犯人もそう思ったのでは？」

政治家はまともじゃないと言っただろう、と千田は鼻の頭を掻いた。

「権力欲に取り憑かれているんだ。孫が誘拐され、殺されたって音北にとっては関係ない。下手をすれば、孫の誘拐をマスコミにリークしたかもしれない。反対勢力による卑劣な犯罪だとアピールすれば、同情票が集まり、民自党、そして光知会の候補者が大勢当選しただろう」

「まさか、そこまでは……」

「誘拐が起きたのは本当だから、言ったもん勝ちさ。犯人が逮捕されるのは選挙が終わった後で、当落の結果は変わらない。政治に詳しい者なら、選挙の流れが不利になったら音北は何をするかわからない、と見通せたはずだ。だから、これは音北の動きを封じるための誘拐じゃない。犯人は政治と無関係だ」

「それなら、何のために犯人は浅野奈々絵を誘拐したんですか？」

世襲議員は強いな、と千田はテレビに目を向けた。

「次々に当確のテロップが出ているが、半分以上は世襲議員だ……調べてほしいことがある。血だ」

「血？」

首を傾げた綿貫に、千田は引き出しからファイルを取り出し、デスクに載せた。

6

こんにちは、と千田は軽く手を上げた。リードを握った奈々絵とプリンがぺこりと頭を下げた。奈々絵が戻ってから、五日が経っていた。

「刑事さん、どうしたんですか？」

千田が警察手帳を向けると、そばにいたスーツの男が退いた。音北が奈々絵のために雇った警備会社のガードマンだ。

可愛いワンちゃんだね、と千田は屈《かが》み込んだ。

「撫でてもいいかい？」

喜びます、と奈々絵が微笑んだ。千田が手を伸ばすと、待っていたようにプリンが仰向けになった。

「昔、おじさんも犬を飼っていたんだよ。小学生の頃だ。もちろん、プリンみたいな血統書付きの犬じゃない。雑種だよ。今はミックス犬っていうのかな？」

犬は全部可愛いです、と奈々絵がうなずいた。

「でも、プリンは特別です。奈々絵の親友なんです」

堂々と寝そべったプリンが、もっと掻いてよ、と催促した。わかったわかった、と千田は腹をさすった。

「おとなしくていい子だね……うちの桃太郎は噛み癖があって、家族以外が触ると怒るんだ。でも、プリンは安心している。君を信頼してるからだね」

プリンは賢いんです、と奈々絵が笑みを濃くした。

「おトイレもちゃんとできるし、待てや伏せ、お座りも……この子は人間の言葉がわかるんです」

名犬だからね、と千田はプリンから手を離した。

「プリンの血統を調べてみた。驚いたよ、お父さんはドッグショーのチャンピオンで、お母さんはチャンピオン犬だけが出場できる大会で優勝している。お爺さんはインターナショナルビューティチャンピオン、兄弟姉妹や従兄弟もトレーニングチャンピオン、障害物競技のアジリティチャンピオン、数え切れないほど多くの受賞歴があったよ」

そうなんですか、と奈々絵が首を捻《ひね》った。

「でも、そんなのどうでもいいです。プリンと一緒にいられたら、あたしはそれだけで幸せなんです」

そうそう、とプリンがうなずいた。お前は気楽でいい、と千田は苦笑を浮かべた。

千田が綿貫に調べさせたのは、プリンの血統だった。六代遡《さかのぼ》っても、家系のほとんどが何らかの大会で優勝していた。世界的レベルの名犬だ。

(犯人が誘拐したのは奈々絵じゃなかった)

犬だ、と千田は足元を見つめた。けだるそうに、プリンが体を伸ばしていた。

犯人はブリーダー夫婦だろう。依頼を受け、最高のトイプードルを捜した。

今は登録されている番号を入力するだけで、約八百万頭のデータベースから犬の血統がわかるサイトがある。犯人がそこにアクセスすれば、プリンにたどり着くのは難しくなかっただろう。

依頼主の目的は、自分の犬にプリンの子供を産ませることだった。血統は金で買えない。非合法な手段でも構わない、とブリーダー夫婦に命じた。

誘拐は重罪で、奈々絵を無事に両親のもとへ返しても、刑法224条の未成年者略取及び誘拐罪に問われ、懲役刑は免《まぬが》れない。最長で十年だから、高額の報酬を受け取っても見合わない犯罪だ。

夫婦の年齢を考えれば、子供がいてもおかしくない。子供を殺すと脅され、従うしかなかったのでは、と千田は腕を組んだ。だから許されるわけではないが、同情の余地はある。

依頼主に命令され、ブリーダー夫婦は計画を練った。犬だけをさらえば、ブリーダーが真っ先に疑われる。心理的なアリバイを作るため、浅野奈々絵も一緒に誘拐した。

犯罪とは無縁の夫婦に、奈々絵を傷つける意図はなかった。優しいおばさん、と奈々絵は話していたが、本当にそうだったのだろう。

犯人が奈々絵の健康や心理状態に配慮したのは確かだ。約二日半、奈々絵は軟禁状態にあったが、睡眠薬の投与により、ほとんどの時間は眠っていた可能性が高い。食事やトイレにも気を遣い、退屈や不安、恐怖を感じさせない環境を整えた。

そして、夫がプリンを連れ出し、依頼主のトイプードルの雌との交配を促した。

(なぜ、選挙戦の真っ最中に誘拐したのか)

音北や誠也の選挙を妨害するためではない。牝の発情期が来たためだ。

牝犬の発情期は年に二回、期間は二週間ほどで、次は半年後になる。依頼主にはそれを待てない事情があったのだろう。

ごめんね、と妻が何度も謝ったのは、奈々絵への気遣いか、それとも結果的に父親の選挙戦を妨害することになったためか、おそらくは両方の意味が込められていたに違いない。

(最初の一歩が間違っていた)

誘拐事件において、警察が最重要視するのは人質の安全と無事な解放だ。

今回、誘拐されたのは十歳の女の子だったから、千田の意識はそこに集中した。そのため、犯人が犬を一緒にさらった不自然さに気づかなかった。

だが、冷静に考えてみれば、少女を誘拐する際、犬も連れ去るのはおかしい。犬は吠えるし、餌や大小便の世話など、余計な手間が増えるだけだ。

犯人を目撃しても、犬に証言はできない。少女を誘拐した現場に置き捨てれば、それで済んだはずだ。

お前を狙っていたんだな、と千田はプリンの頭を撫でた。そうらしいっす、と犬が片手を上げた。

もうひとつ確認が残っている、と千田は奈々絵を見つめた。

「君に聞きたいことがある……君のお父さんは政治家だ。知ってるね？」

「うん」

「忙しくて、大変な仕事でもある。お父さんが帰ってくるのは毎晩遅いし、選挙が始まれば、お母さんはお父さんの応援をしなきゃならない。君一人を残して二人で地方へ行ったり、そんなこともあっただろう。君はお父さんに家にいてほしかった。遊んだり、ゲームをしたり、ご飯を食べたり……友達の家のお父さんはそんな感じだろう？」

奈々絵は答えなかった。ここからが大事だ、と千田は言った。

「君は犯人の顔を見たんじゃないか？」

見てない、と奈々絵が首を振った。君は頭のいい女の子だ、と千田は微笑んだ。

「お父さんが政治家じゃなかったら……そう考えたことはなかったかい？　おばあさんを放っておいて、電話にも出ないおじいさんみたいな人になってほしくない、と思ったのかな？　学校の友達は家族旅行に行ったり、休みの日には遊園地で遊んだり、楽しそうにしている。でも、君は違う。いつも一人だった」

そんなことない、と首を振った奈々絵に、十歳でも選挙の意味はわかるはずだ、と千田は言った。

「小学校のクラスでも、学級委員の選挙があるからね。それならパパが落ちてしまえばいい……君はそう考えた」

奈々絵が一歩下がり、プリンが小さく唸《うな》った。犯人は君に優しかった、と千田は話を続けた。

「プリンが二人に懐いたのを見て、悪い人たちじゃないと君は思った。だから、誘拐されたことにした。君がいなくなったら、パパは選挙どころじゃなくなる……それとも、パパを試すつもりだったのかい？　おじいさんとは違う、パパは何よりも君が大事だと信じたんだね？　そして、君が考えた通りになった。パパは君が心配で選挙を諦めた。気持ちはわからなくもない。でも、誘拐は悪いことだ。パパとママがどれだけ心配したと思う？　だから、おじさんは犯人を逮捕しなきゃならない。それが仕事なんだ」

プリンが鼻をひくつかせ、不穏な表情を浮かべた。何を言ってるのかわかりません、と奈々絵がリードを引いた。

君は犯人と話し、顔も知っている、と千田は言った。

「名前も聞いたはずだし、どこへ連れていかれたかも覚えているね？　帽子とマスクで顔を隠した男と女と、二日半も一緒に過ごすのは誰だって怖い。大人だって怯えただろう。でも、戻ってきた君の顔に涙の跡はなかった」

「だって、ずっと眠ってたから……」

なぜ君を誘拐するか、犯人は説明しただろう、と千田はうなずいた。

「君は二人の話を理解し、パパとママを取り戻すため、それを受け入れた。でも、犯罪は犯罪で、その二人は悪いことをした。わかるだろう？」

「どうして？　パパとママが戻ってきたんだよ？　プリンはお嫁さんをもらって幸せになった。どこがいけないの？」

お嫁さん、と千田は頭を掻いた。ブリーダー夫婦はそう説明したのか。

ごめんなさい、と奈々絵が頭を下げた。

「あたし、何も覚えてない。ずっと眠ってたから……プリン、行こう」

ひと声吠えたプリンが速足で歩き出した。ボディガードの男がその後を追った。

千田はスマホの写真アルバムを開いた。綿貫から送られてきたデータがそこにあった。東京近郊のブリーダーのリストだ。

数は多いが、夫婦ならある程度限定できる。年齢、背格好も見当がつく。

綿貫が送ってきたのは、絞り込みを済ませたリストで、写真も添付されていた。

だが、奈々絵に見せても首を振るだけだろう。両親を取り戻したあの子は、ブリーダー夫婦の秘密を守る。

奈々絵とプリンが走り出した。夕日が辺りを染めていた。

わたしの最後のホラーミステリ

*

澤村伊智

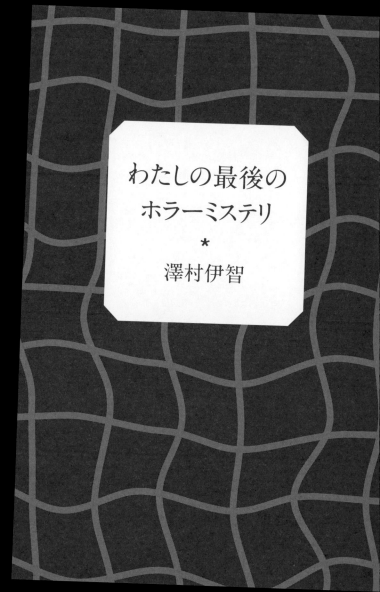

澤村伊智

（さわむら・いち）

1979年大阪府生まれ。2015年「ぼぎわん」（刊行時『ぼぎわんが、来る』に改題）で第22回日本ホラー小説大賞を受賞し、デビュー。'17年『ずうのめ人形』で第30回山本周五郎賞候補。'19年「学校は死の匂い」で第72回日本推理作家協会賞（短編部門）を受賞。'20年『ファミリーランド』で第19回センス・オブ・ジェンダー賞特別賞を受賞。近著に『怪談小説という名の小説怪談』『一寸先の闇 澤村伊智怪談掌編集』など。

わたしはクローゼットに飛び込んで、吊《つる》されたコートの間に隠れた。乱れきった息を必死で殺す。

「真菜実《まなみ》」

あいつの声がした。

「かくれんぼか。懐かしいな」

ギッ、ギッ、と階段を上っている。

叔父さんか叔母さんの、毛羽だったコートの表地が、ちくちくと肌を刺す。しゃがんだ方がいいだろうか。それともこのまま立った方が。わずかな物音を立てることすら、今は怖くてできない。

足音が七つを数えた。ちょうど真ん中の、踊り場のところに来ている。

あいつが。あの男が。

父さんが。

「もういいかい？　もういいかい？」

そう言いながら階段を上り続けている。

どんっ、と大きな音がして、身体《からだ》が竦《すく》んだ。

「もう！　いい！　かい！　って訊《き》いてるんだぞ、真菜実っ！」

また大きな音。

また同じ大きな音。

べきっ、と今までと違う音がした。木屑らしきものがばらばらと床に——階段に落ちる音が続く。

あいつが手摺りを叩《たた》き折ったのだ。それも一撃で。

手にしていた大きな鉈《なた》なら、できないことはないだろう。あの安っぽい手摺りなら尚更だ。

リフォームで取り付けたばかりだったのに。

足腰の弱った叔母さんが、「だいぶ楽になった」と喜んでいたのに。それで叔父さんも嬉《うれ》しそうにしていたのに。

「もう！　いいかあああい！」

目を閉じると瞼《まぶた》の裏に、叔母さんの姿が浮かんだ。和室の座卓の上で仰向《あおむ》けになっている。牛刀と言うのだろうか、長い包丁が三本、胸を座卓ごと貫いていた。ブラウスが真っ赤だった。口から血の泡を吹いていた。

片方の目には千枚通しが柄まで突き刺さっていた。

もう片方の目は眦《まなじり》が裂けそうなほど見開かれていた。

叔父さんの姿も浮かぶ。

逃げろ、とわたしに言った。

廊下であいつに向かっていって、摑《つか》みかかった。でも叔父さんはあまりにも小さくて弱かった。あいつが怯《ひる》んだのは一瞬だけで、鉈を振り上げて、叔父さんの白髪頭に勢いよく――

思い出して叫びそうになって、わたしは口を押さえた。

「落ち着けよ、落ち着けって、真菜実。お前は洗脳されてるんだ」

足音が再び階段を上り始めた。

「あの女に騙《だま》されてるんだ。お前を誘拐して、父さんから引き離した、お前の母親に。その妹夫婦にも。あと、この状況を利用して金儲けを企む連中に。知らないか？　実子誘拐ビジネスだよ。今はそういう悪徳ビジネスが横行してるんだ。酷い世の中だよ」

今は二階の廊下を歩いている。このクローゼットがある、叔父さん叔母さんの寝室の前を通り過ぎ、トイレの方に向かう。

「でもな、頑張ってる人はいるんだ。法律を変えて、世の中を正しい方に導こうとしてる。子供を両親で育てよう――それを義務づける法律だ。人として当たり前のことを法律にしなきゃいけないなんて、本当は間違ってるんだけどな」

トイレのドアを開ける音。

「けどな、それには少し、時間がかかる。父さんは待っていられなくなったんだ。これ以上、真菜実と引き離されるのは耐えられない」

バァン、と乱暴に閉める。ドカドカと何度も蹴り付ける。荒い息遣いがする。

わたしはコートの間で震えている。寒くないのに凍えている。

「真菜実、帰ろう」

あいつが優しい声で言った。

「帰って父さんと公園デートしよう。ほら、小さい頃よく行った、練馬にある東寿町《ひがしことぶきちょう》の公園だ。何て言ったかな、ほら、ウサギの乗り物がある」

伊北町《いほく》こども公園のことだ。

名前を覚えていないのは、本当はよく行ってなどいないからだ。せいぜい土日のどっちかの、ほんの一、二時間。

「ちっちゃくてショボかったけど、かけがえのない思い出なんだ。桜の木があってさ。花がとても綺麗だったろ」

あれは梅の木だ。

「ブランコしよう。父さんが背中を押して、お前は立ちこぎができなくて。あれは幼稚園の頃だった。お前はほら、もも組さんだったよな。もう十年前かあ」

すみれ組だ。

わたしはこの場で確信した。前から気付いていたけれど、今改めて思い知らされた。

あいつはわたしを愛してなんかいない。

ＳＮＳ映えするキラキラ親子ごっこをしたいだけだ。現実のわたしなんて、家族なんて、どうでもいいのだ。

「真菜実ぃ」

猫撫《ねこな》で声であいつは呼んだ。

そう思った瞬間、駆け出した。

足音が迫る。

勢いよくクローゼットの扉が開く。

コートが乱暴に押し退《の》けられ、わたしはあっけなく見付かってしまう。

「みいつけたあ！」

あいつと目が合った。中腰で嬉しそうに笑った。

顔も肩も手も、鉈も、叔父さんの返り血で真っ赤だった。わたしは叫びたかった。泣き喚《わめ》いて暴れたかった。でも口から出たのは呻《うめ》き声だけで、手足は微動だにしなかった。あいつに肩を摑まれる。それだけで抵抗できなくなる。

「助けにきてやったぞ。真菜実」

わたしは答えられない。

「さあ、ここから出よう。そして父さんのところに帰るんだ。その前にひとっ風呂浴びなきゃだけどな。ハハハ。どうした？　ん？」

わたしの肩を揺する。

怖くて何も言えず、視線を逸《そ》らすこともできない。涙を流しながら、父さんの開ききった目を見ている。

「いいんだ。感謝の言葉なんて。お前の気持ちはちゃんとここに伝わる」

誇らしげに自分の胸を二度叩いてみせる。馬鹿みたいだった。でも罵倒の言葉一つ投げつける勇気すら、今のわたしは持ち合わせていない。それが悔しくてまた涙が出てくる。嗚咽《おえつ》が漏れる。

「だから真菜実」

肩を揺する。

「なあ、なあって」

もっと激しく揺する。鉈の刃先をわたしの頬に近付ける。「どうしたんだ真菜実。なあ真菜実。答えろよ真菜実ぃ」

殺されると思った。

そうでなくても、酷いことをされる。わたしは泣きながら必死で口を開いた。

その時。

いー……ち

声が響いた。

あいつが手を止めた。

にー……い

さー……ん

老人のように嗄《しわが》れた、小さな声だった。

「なん、何だ？」

ぎょっとした顔でクローゼットの中を見回す。それでもわたしの肩を摑む力を緩めないでいる。

わたしは呆然《ぼうぜん》としていた。

しー……い

ごー……お

ろー……く

声が段々大きくなる。
クローゼットに声が響き渡る。
気配がした。
わたしのすぐ後ろに、誰かが立っている。
背中に当たっているのは、たぶん膝だ。
とても痩せている。とても背が高い。

しー……ち
はー……ち
ふ、ふふ

笑い声がした。
父さんがぎょっとして、中腰のまま後ずさる。
血まみれなのに青ざめているのが分かった。
「うあ」と声を漏らす。

　ふふ
　きゅう
「ああ」
　尻餅をつく。立ち上がろうとして、転ぶ。
　生温い風が吹き下ろした。
　コートが擦《こす》れ、ハンガーがぶつかり合って、音を立てる。
　まさか、これは。
　わたしの後ろで数えている、これは——
　じゅう、う
　もう、いい、かい
　あいつが這うように廊下へ逃げ出した。
　ぺらぺらに薄くて、大きな茶色いものが、わたしを跨《また》ぎ越えた。真っ黒でぎざぎざの手で、あいつの首筋を摑む。
　来てくれたんだ。

嘘吐《うそつ》きを食べてくれるために。

母さんの故郷に伝わる、あの、あの――

「ぎえええええええ！」

あいつの絶叫が部屋に響き渡った。

ぶちぶち、ぱん、と肉が千切れて弾《はじ》け飛ぶ音がした。


――市村佐和《いちむらさわ》『ずんばらどぐれがやって来る』より

一

この原稿は素直に、彼女と出会った時から書き始めるのがいいだろう。どれくらいの分量になるかは想像もつかないが、フェアに書くことだけは約束しよう。念のため明記するが、この場合のフェアとは「地の文で事実と異なる記述をしない」という、ミステリにおいて基本中の基本となるものだ。厳密には、これから書く小説はホラーミステリになるだろうけれど――


二〇二三年七月十一日。西武新宿線M駅のすぐ近く。

みすぼらしい三階建ての建物の三階に、その事務所はあった。一階は聞いたことのない名前のコンビニで、二階には歯科が入っていて、雑居ビルと呼ぶのも躊躇《ためら》われるほど小さく古く、汚い建物に。

エレベーターはなかった。階段はとても狭く急で、雨も降っていないのに濡《ぬ》れていた。途中の踊り場には水たまりができていて、ふやけた吸い殻がいくつも浮いていた。

事務所の出入り口のドアにパネルや表札の類いは一切なく、本当にここでいいのかと不安になった。呼び鈴の類いも見当たらない。

改めて自分の行動に嫌気が差していた。

これは正しい選択ではない。その場しのぎ以外の何物でもない。だが、僕はずっとそうやって生きてきたのだ。今更生き方を変えるのは至難の業だ。

意を決してドアをノックする。電話で指示されたとおり、等間隔でゆっくり五回。

くぐもった声で応答があった。

「どうぞ」

中は薄暗かった。

およそ二十畳ほどあるから、事務所としては狭小というほどではない。なのに狭苦しく感じるのは、物でいっぱいだからだ。それも事務所と名の付く部屋に不釣り合いな、玩具の類いが。

大小の動物のぬいぐるみ。昔のアニメのキャラクターが全面にプリントされたクッション。ママゴト用のキッチンセットに回転寿司セット。壊れかけのドールハウス。壁に積まれた白いカラーボックスに、乱雑に突っ込まれている。床にはスーパーの買い物カゴがいくつも置かれていたが、これらも一つ残らず、玩具で一杯だった。

かしゃ、とカゴの一つから音がした。

片目のない赤ん坊の人形と目が合ってしまい、咄嗟に逸らす。

何かが、いる。

ここには目に見えない何かが充満している。玩具と一緒にこの部屋にやって来たのだ。

所謂《いわゆる》〝見える人〟では決してないのに、そう感じずにはいられなかった。

息苦しくなっていた。

疑問より先に不安が湧き起こる。

膨らんだ不安は恐怖へと育っていく。

冷や汗が背中を伝った、その瞬間。

「ご安心ください」

声がした。

さっきと同じ声らしい。

カラカラとロールカーテンが上がり、小さな窓から日の光が差し込んだ。

窓際で女性がワーキングチェアに座っていた。ノートパソコンを閉じ、ほとんど何も置かれていないデスクに手を突いて立ち上がると、ゆっくりこちらにやって来る。

背は高く痩身で、あちこちにレースをあしらった、黒いロングのワンピースを着ている。肌は血管が見えるほど真っ白で、唇も、爪も黒く塗られている。金縁の丸眼鏡をかけ、長い黒髪を無造作に束ねている。首や手の皺《しわ》から察するに中年らしい。

黒い唇が開いた。

「何も憑《つ》いていませんので」

「えっ、え？」

うっかり礼を失した反応をしてしまったが、女性はまるで気にする様子もなく、

「これらの玩具に、所謂霊の類いは憑いていない、と申し上げているのです。自宅は手狭なのでここに置いてあるだけで、単なる古くて汚れた玩具の山ですよ。どれもフリマで買ったり、ゴミ置き場で拾ったり。ですのでご安心ください。ご依頼の方ですね？」

落ちくぼんだ目で僕を見据える。

さあ、答えろ、早く、急げ、さあ——突然そう命じられたような焦燥感が湧き起こる。

僕は大急ぎで名刺を出した。

〈株式会社文光社《ぶんこうしゃ》　第一編集部文芸課

編集　田沢隆《たざわたかし》

editor Takashi TAZAWA〉

「田沢と申します。出版社勤務です」

「尾白冴子《おじろさえこ》です」

女性――冴子は名刺を受け取った。

「名刺は作っておりませんがご容赦ください。私どものような人間と公然と関わるのは避けたい、と仰《おっしゃ》る依頼人の方は大勢いらっしゃるので。どうぞそちらにお掛けください」

細い指で部屋の中央の、質素な丸椅子と丸テーブルを指す。

「悪いモノなど憑いていないと何度説明しても、皆さんこの部屋を嫌がられます。こんな薄気味悪い所に長居したくない、と。ですのでなるべく速やかに話を進めることにしておりますが、何のおもてなしもしないのは流石にこちらも気が引ける。お飲み物は何になさいますか？」

「いや、あの」

「何になさいますか？」

「お茶……緑茶を」

「分かりました」

僕が席に着き、足下の籐《とう》カゴに鞄を仕舞う間に、冴子はスマートフォンで誰かに電話をかけ、「緑茶をお願い」と、最小限の言葉で指示していた。助手か、或いはアルバイトの雑用係か。

通話を終えた冴子がデスクに戻り、ノートパソコンを開く。彼女のデスクと、丸テーブルの周りだけは玩具が置かれておらず、灰色のカーペットタイルが見えている。

　奇妙だった。

　だが、「らしい」とも思った。

　これくらいおかしな事務所の方が、むしろしっくり来る。何故なら――

　ぬいぐるみや人形、玩具たちの、感じるはずのない視線を感じながら、僕は口を開いた。

「すみません。正直、そこのドアを開けるまで半信半疑だったんですよ。まさか心霊探偵なんて職業があるなどとは、全然、思ってもみなくて。さ、サイキック・ディテクティブでしたっけ」

「田沢さんは私どもについて、そのようにお聞きになったんですね。シンプルに〝霊能者〟〝除霊師〟などと呼ぶ方もいらっしゃいますよ」

　彼女は僕を見つめる。

「こちらとしてはどう呼んでいただいても結構です。私どもはその手の分野の問題を調査し、原因を究明し、相応《ふさわ》しい手段で解決して報酬をいただく。それを愚直に続けているだけですので。基本料金ですが一日につき――」

　冴子の説明に相槌《あいづち》を打ちながら、僕は軽い目眩《めまい》を覚えていた。

　奇妙な部屋で、現実離れした職業の女性に、妙な話をされている。口調は事務的なのに、内容は非現実的だ。心に余裕があれば、この状況に笑ってしまったかもしれない。でも実際はクスリとも笑えなかった。

僕が膝の上で拳を握りしめたのと同時に、冴子はデスクの上で指を組んだ。

「では詳細をお伺いしましょうか。この度はどのようなご依頼ですか？」

「え？」

「この度はどのようなご依頼ですか？　とお訊《たず》ねしたのです。記録に残る形では話せない、人が死んだとしか言えない、と最初のメールで仰っていた」

「そう、そうなんですよ」僕は額の汗を拭きながら答えた。「あくまで私個人の依頼なので、会社の人間に万が一にも気付かれたくなくて。軟派《なんぱ》な本も結構出してるのに、変なところでお堅い社風というか……」

「文光社にそんな印象はありませんが、外からは見えないことも多いのでしょうね」

「ええ、ええ」

呼吸を整えて、言う。

「死人が出ました。事件性はありません。ただし、警察がそう判断した、というだけですが」

冴子は眉一つ動かさず、視線で先を促す。

「この世のものではない存在のせいだ。そうとしか思えなくなったんです。警察じゃ解決できないし、事実初動から間違えた。これじゃ市村さんも浮かばれない」

「市村さん？」

「ええ」

僕は呼吸を整えて、言った。

「小説家の市村佐和先生のことです。ご存じでしょうか。所謂ホラーを主に書いてらっしゃる作家ですよ。この手の商売をなさっている尾白さんのような方には、正直ちゃんちゃらおかしいジャンルなんじゃないかと——」

「いいえ」

意外にも冴子は答えた。

「心霊的、超常的な体験談はフィクションの影響を受けやすい。体験者本人からして、異様な体験を流行のフィクションを参照して言語化し、記憶として固着させる。そうした行為を無意識に選びがちです。ですから通俗オカルトや怪談、そしてホラーといったものには触れるようにしていますし、アンテナも一応張っている。でないと正確な調査ができませんからね。なので今をときめくフェミニズム・ホラー作家の市村佐和先生なら、よく存じ上げておりますよ」

「はは、い、市村さんはその通り名を嫌っておいででしたが」

僕は答えた。

「作品は概ね拝読しております。『ずんばらどぐれがやって来る』『ねくろべげろ人形の呪い』『ぶらう』『あどん』――いずれもジェンダー、特に女性の社会的抑圧が心霊現象の遠因になっている。それが人気の秘密だと評する記事も読んだことがあります」

「ええ、ええ」

「死亡記事も先月のニュースサイトで見た覚えがあります。たしか死因は急性心不全。自宅で仕事中に心臓が止まったとか」

「そうなんです」

「田沢さんはそうはお考えではない、と？　何故でしょう」

冴子が再び僕を見据える。

僕はまた急かされたような気持ちで答える。

「現場に不審なものがあったからです。い、市村さんが、意図して残したらしい、妙なものが。警察もそこは確認しています。自分と同じように、妙だと考えてはいたようです。ですが結局、よくある突然死だろうと判断して……」

「私どもにご依頼をくださった理由は？　今のお話だけでは判然としませんが」

「その残されたものが、市村さんのメッセージだとしか思えないんですよ。私は化け物に殺された、という。第一発見者だからって興奮してるわけじゃない。今冷静にそんな疑念を抱いてる。なので今回、こうしてご依頼申し上げたわけです」

「なるほど」

冴子はワーキングチェアの背もたれに身体を預け、三度僕を見据えた。今度は急かされているとは感じなかった。だが別の意味で緊張していた。

おそらく今、彼女は——

「どう、でしょう？」

僕はつい訊ねてしまう。

「というと？」

「いえ、霊視で何かか〝見えた〟のかなと、気になったものですから」

冴子の顔に一瞬、驚きの表情が浮かんだが、すぐに消える。代わりに微笑が過《よぎ》る。これも一瞬のことではあったが、ここへ来て初めて見せる笑顔だった。

「大変失礼しました。私どもについてまだ何も説明しておりませんでしたね」

「えっ」

「わたしにその手の能力は一切ありません。ある振りをすることもない。このとおり当事務所の窓口ですし、ご依頼に応じて調査します。報告もします。必要であれば運転もしますが対処はしません」

「え、は？」

僕はまた礼を失する。今度は半ば意図的だった。口元が弛《ゆる》むのが分かった。

「ごめんなさい、素直に受け取ったら今の話、まるでインチキ商売だって打ち明けてるみたいじゃないですか」

「滅相もない」

「だったら――」

「インチキ商売の方がよかったですか？　ホッとしたようなお顔をされていますが」

「これは、これは癖というか、そういう顔なんです。極度に緊張すると笑っているみたいになる。葬式じゃ一苦労です」

「そうですか」冴子はそっけなく言った。「さっきのお話を分かりやすく言い換えますと――わたしは助手に過ぎない、と申し上げているのです」

僕が呆気《あっけ》に取られていると、背後で音がした。

振り返ると出入り口のドアが開いて、若い女性が入ってきた。小さな身体。半開きの目。弛んだ口元。寝癖だらけの髪に色あせたTシャツに、擦《す》り切れたスウェットの下。クロックスを引きずりながら、冴子のいるデスクへと向かう。片手に緑茶の三五〇ミリリットルのペットボトルを摑んでいた。もう片方の手で子供用のピンクのゴムボールを抱えていた。ペンギンの絵が描かれている。

「サエちゃん」

小さな声で冴子に言って、ペットボトルを差し出す。

「そちらに。ご挨拶もね」

冴子は僕を手で示した。

若い女性は僕を一瞥《いちべつ》して、顎を突き出すような動きをした。お辞儀らしい。ふらふらとやって来て、ペットボトルを僕の手元に置く。

彼女の手の甲から二の腕にかけて、ほぼ一直線に、正露丸の直径ほどの円《まる》いケロイドがズラリと並んでいた。右手だけでなく左手も。どうやら肩まで連なっているらしい。

根性焼きの跡だ。

ここまで多いのは初めて見た。

僕が絶句していると、彼女は部屋の隅で座り込んで、手近な玩具を自分の周りに積み始める。すっかり玩具に埋もれると目を閉じて俯《うつむ》く。

小さな寝息が聞こえてきた。

「あちこちから拾い集めてくるんです。自宅はもう一杯で、今は仕方なくここに」

冴子が言った。玩具のことを説明しているらしい。そして今入ってきた女性のことも。

何と返していいか分からず黙っていると、冴子は再び立ち上がって、

「ご紹介します。あれが当事務所の心霊探偵、解良戸《けらと》えれんです」

二

市村佐和。

小説家、またはホラー作家。

二〇一五年、今はなきJホラー小説新人賞の第一八回に応募した『ずんばらどぐれがやって来る』が選考委員に絶賛され小説家デビュー。ほどなくして専業作家となる。民俗的な怪異と、DVの実態、家父長制の醜悪さを並列に書いた『ずんばらどぐれがやって来る』は、ホラーファンのみならず幅広い層に支持された。本邦で連続TVドラマ化、韓国で配信ドラマ化されているが、どちらの評価が高いかは言うまでもないだろう。

幼稚なマッチョイズムを振りかざす男性と、彼らにとって〝都合の悪い〟女性を頻出させるその作風は、男性優位主義者らから当然のように「フェミ臭がきつい」「クソアマ」などと反感を買った。インターネットには誹謗中傷が溢《あふ》れ、出版社には同様の手紙、メールが送りつけられた。が、著作が五作を数えた頃、それらは激減した。彼が顔写真とプロフィールを公表し、メディアの取材を受けるようになったからだ。

彼。

そう、市村佐和は当時四十二歳の男性だった。

関係者にしか明かさなかったが、本名は貝田雄一《かいだゆういち》だ。

男性だと明かしたことで減ったのは、所謂アンチだけではない。彼のSNSアカウントにタメロで絡んでいた読者たちも、一斉に敬語になった。彼に「あなたに本当のホラーを教えてあげます」と頻繁に長文のホラー論を送りつけていたマニアも「男性でしたか、失礼しました」と黙った。

殺害予告を何度もネットに投稿し、彼に告訴された五十代アルバイトの男性は、法廷で「男だと知っていたら最初から送らなかった。申し訳なく思う」と言い放った。そうした出来事にある者は怒りを表明し、ある者は呆《あき》れ、別のある者は痛快だと評した。そうしたこともあって、市村佐和とその作品は更に知名度を上げた。

一方、小説以外の場で、彼がジェンダーについて主張することは皆無だった。討論番組やイベントのオファーも来たが、市村はその全てを断っていた。

「意識は全くしていません。書いたらいつの間にか、こうなってしまうんです」

インタビューで指摘されても、そう答えるに留《とど》めていた。彼の作品は次々とメディアミックスされ、漫画にも映画にも舞台劇にもなった。どれも概ね好評で、市村佐和は作家の中でも「人気」「多忙」な方だろう。だが、デビュー当時に比べて刊行ペースが落ちていた事実は、世間的に意外と知られていない。雑誌に短編を寄稿してはいるし、既刊単行本の文庫化もコンスタントにされているが、新作の単著はもう三年ほど出ていない。

そして――

「心不全はスランプによるストレスのせいじゃないか、と警察は言っていましたよ」

後部座席で僕は言った。冴子の所有するボルボ240エステートのシートは広くてふかふかで、上等なソファのようだった。外見はやけに長くて四角くて、おまけに色も黒なので、最初は霊柩車にしか思えなかったが。

「原因が特定できないから〝心不全〟なのでは？」

慣れた手つきでハンドルを操作しながら、冴子がそっけなく返す。服は前回と同じだが黒手袋をしていて、金縁眼鏡の代わりに大きなサングラスをかけていた。

事務所を訪れて、ちょうど一週間後。

僕は午後から、冴子の言う「現地調査」に立ち会うことになった。もちろん、市村佐和が死んだ場所のことだ。C県の岬にある、彼の自宅兼事務所。

古びた洋風の平屋だった。

岬の突端に建てられた〝ポツンと一軒家〟で、見渡す限り他の建物はない。さっきから岬へ至る森の中の一本道をひた走っているが、対向車も、人も見かけない。

いつものことだった。見慣れた景色だった。

「こんなところにお住まいでは、打ち合わせも大変でしょうね」

冴子が言った。

「最近はリモートがありますから、そこまででも」

僕は答えた。「もうすぐ森を抜けますから、そしたらすぐですよ」

「えれん、起きて」

冴子が言うと、それまで助手席で鼾《いびき》をかいていた女性——解良戸えれんが、小さく呻いた。首を鳴らし、振り向き、僕を見るなり怪訝《けげん》な表情を浮かべて、冴子の服の袖を引っ張る。

「サエちゃん」

「クライアントさんよ」

「なんで？　仕事？」

どうやら寝惚《ねぼ》けているらしいが、冴子は平然と「そうよ」と答える。苛立《いらだ》つ様子は一切ない。「飲んでなさい」と冴子に差し出されたスターバックスのコーヒーを飲んで、えれんは大きな欠伸《あくび》をした。

心霊探偵、解良戸えれん。

二十歳。冴子以外の人間とはまともな対話ができず、生活力もゼロに近い。根性焼きを含め全身に惨《むご》たらしい傷跡があるが、両親によるものだという。小学校もまともに通わせてもらえず、読み書きも満足にできないらしい。冴子にスマートフォンでチャットの遣《や》り取りを見せてもらったが、えれんのメッセージは記号とスタンプと、平仮名の単語ばかりだった。加えて「最悪」を「さいやく」「一応」を「いちよ」と誤記していた。何度指摘しても直らないという。

虐待サバイバーの霊能力者。

冴子も初めて会った時は信じられなかったという。なのに気付けば彼女を引き取り、彼女の面倒を見ながら、彼女の力で商売を始めた。言わば彼女の保護者兼助手を務めるようになった。いつしかそれが生業になった。

森を抜けると痩せた草原と、曇り空が広がっていた。一分ほど走って、車は市村佐和の自宅兼事務所の前に停まった。

「有名な無免許医師のお住まいみたいですね」

車から降りた冴子が、サングラスを眼鏡に替えながら言った。僕は「よく言われます」と笑って返したが、えれんは何の反応も示さず、黙って家を見上げていた。

「解良戸さん。何か、感じますか？」

僕はつとめてさりげなく訊ねたが、えれんは答えなかった。先週会った時も、今日会ってからここまでの道中も、彼女は僕に言葉を発していない。

「ご案内いただけますか。市村佐和が亡くなったお部屋に」

冴子に言われて、僕はドアマットの下から玄関ドアの鍵を取り出した。市村佐和が常に置くことにしていた場所で、懇意の編集者の間では周知されていた。

三

「いかにも作家先生、といったお部屋ですね」

冴子は片眉を上げて言った。

僕たちは六畳ほどの窓のない洋室にいた。市村佐和の書斎だった。四方の壁に天井まで聳《そび》える本棚が並び、その全てに本がみっしり詰まっている。部屋のほぼ中央に、出入り口と向き合う形で木製の小ぶりなデスクが配置されていた。卓上にはノートパソコンと最低限の文房具が入ったトレイ、珪藻土を固めた灰色の円いコースター、そして小さな置き時計。ワーキングチェアはハーマンミラー社製の有名なもので、その足下に円柱形の小さなゴミ箱があった。

「こうもイメージどおりだと、逆に驚きます」と冴子。

「そうですか。僕にとっては見慣れたものですが」

「これだけ本があると、目当てのものを探すのも大変そうですね」

「それが、市村さんはどこに何の本があるか、全て記憶していた。周りがビックリするくらい正確に、です。ここだけじゃない、書庫の本もです」

事実だった。

彼の記憶力は驚くべきもので、読んだ本の内容も、一度会った人間の顔と名前も、滅多なことでは忘れない。何度もその能力を目の当たりにして、僕はその度に驚愕《きょうがく》した。そして同時に「この男の前で誰かの陰口を叩くのはやめよう」と本気で思った。

「ここ以外に書庫があるんですか？」

「ええ、必要でしたら後ほどご案内しますよ」

冴子はスマートフォンに何やら打ち込んでいた。メモらしい。えれんは退屈そうに壁に凭《もた》れている。

「発見された際、市村さんはどこに？」

「デスクのすぐ側に倒れていました」

僕は床を指した。

「先月——六月十一日の、午後六時半でした。日曜日でしたが久々に対面での打ち合わせの約束をしていて、時間ぴったりにここに来たんです。玄関ドアは閉まっていましたが、鍵は先ほどと同じ要領で開けて、呼んでみたんです。ですが返事がない。呼びながら応接室を確かめて、次に書斎を確かめた。すると鍵が掛かっている。ノックをしましたが返事がなく、代わりに呻き声が聞こえた。そこで……」

僕は偶々《たまたま》ジャケットの内ポケットに入っていた、一円玉を掲げてみせた。書斎のドアへと向かい、

「これで解錠できるタイプのドアで助かりました。よくあるタイプですよ。内側からはノブのボタンを押し込むだけで鍵を掛けられて、外側からはノブの溝にコインやドライバーを突っ込んで回すだけで解錠できる」

「それで？」

「開けて中に入ったら、さっきも言ったとおり、市村さんがデスクの側の床に倒れていました。もう意識はなく、呻き声も途絶えていました。慌てて救急車を呼んで、できる限りの措置はしたのですが……」

「なるほど」

スマートフォンから顔を上げずに、冴子が相槌を打つ。えれんはぼんやり天井を見上げていた。半開きの口からガタガタの歯が覗《のぞ》いていた。

「では、肝心要の部分を」

冴子に促されて、僕はデスクへと歩み寄った。一番上の抽斗《ひきだし》を引き、中身を取り出す。

「その時にこのノートとペンが、デスクに置いてありました」

ありふれた大学ノートと、安物のボールペンを卓上に置く。

「何か書いてあったんですか」

「いいえ、ですが、ページを破り取った跡がありました。後ほど警察が調べたところ、ゴミ箱からこんなものが出てきた」

僕は再び抽斗に手を入れ、無色透明のクリアファイルを引っ張り出す。中にはノートから破り取られた、しわくちゃのページが二枚。クリアファイルから取り出して、デスクに並べ置く。

「クシャクシャに丸められていたんです。彼は死の間際に、こんなものを描き残した」

見開き一杯に、女性が描かれていた。

乱れた長い髪。死に装束。

額から頬まで縦の線が何本も走り、頬にも縦皺が寄っている。前者は陰鬱な感情を抱いていることの、後者は頬が痩《こ》けていることの記号表現だ。いや——いっそ「漫画表現」と言った方が適切だろうか。

楕円の目には瞳がなかった。鼻は縦に倒した「つ」で、口は「一」も同然だった。

細い両手をだらりと胸の前に垂らしていた。

両足はなく、胴から下が窄《すぼ》んで消えていた。

典型的な幽霊の絵だった。

稚拙ではあったが筆運びは乱れに乱れ、今見ても鬼気迫るものを感じる。大小の×印が、余白を埋めるように書かれているせいもあるだろう。

「撮影しても構いませんか」

「ええ、どうぞ」

冴子はスマートフォンでてきぱきと、ノートの幽霊画を撮影した。それが終わると尖《とが》った顎を撫でて「ふむ」と声を漏らす。

「幽霊を描いたことは自明ですが……それなりに時間をかけて描いたことも分かります。何度も何度も、ノートを削るようにペンを走らせている」

「その点は警察も不思議がっていましたよ。『こんなに描き込めるなら、救急車を呼ぶこともできただろうに』って」

「この×印も分からない」

「漫画制作の現場では、ベタ塗りの指示に×印を使うこともあるようです」

えれんは変わらず天井を見ている。

「死を悟りながら救急車を呼ぶこともせず、残りわずかな時間をこの幽霊画とも呼べないイラストに費やした。だから幽霊の仕業かもしれない、と？」

冴子が訊ねた。

淡々とした口調が余計に皮肉めいて聞こえる。僕は慌てて答えた。

「いえ、勿論《もちろん》それだけじゃないんです。ゴミ箱にはこんなものも捨てられていた。この絵と一纏《ひとまと》めに丸められていたんです」

と、手にしたものを掲げてみせる。

幽霊の絵が描かれたページと同じくらいしわくちゃの、一枚の御神籤《おみくじ》だった。天辺《てっぺん》に〈第

二十八番　凶〉と書かれている。

「資料として市村さんが保管しておいたもののひとつです。大吉から大凶まで、ここに一通り揃っていますが」

僕は一番下の抽斗を開けて、「その中から選び出したもののようです」と、デスクに置く。

冴子がそれも写真に撮り、画面で確かめながら小声で読み上げる。

このおみくじにあう人は、進むに悪く川の岸に到って、舟なく惑う心に似て、ものを改め亦《また》始めること時を待つがよい。心を長くして慎めば、いずれ良い機会が幸を齎《もたら》すであろう
【願望】男女関係で争うことあり心すべし
【待ち人】来らず
【訴訟】勝てず
【争事】負ける
【失せ物】決して見つからず
【住居】悪し
【縁談】悪し
【旅行】控えるべし
【商売】いずれも悪し

彼女が読み終えたところで、僕は口を開いた。

「市村さんはホラーをお書きになる作家ですが、しばしばミステリの趣向も盛り込むので、ホラーミステリ作家なんて呼ばれることもある。だから主にミステリの編集をしている僕が担当を任されたわけですが――職業病といいますか、どうしても考えてしまうんですよ。これはダイイングメッセージじゃないか、と」

「絵と御神籤、セットで『私は幽霊に殺された』と？」

「ええ」

僕は答えた。何とか説明できて安堵していた。

冴子は無表情で考え込んでいたが、呆れている風にも見えた。ややあって、彼女は振り返って訊ねた。

「えれん、どう？」

最小限の質問だったが、意味は僕にも分かった。

それまで眠たげだったえれんの目が、いつの間にか真剣になっていた。やがてぐるぐると、部屋の中を歩き回る。僕が口を開きかけたところで冴子が言った。

「声を掛けないでください。彼女の集中が乱れる」

僕は無言で頷《うなず》き、えれんを見守った。

手を擦り合わせ、何度も首を鳴らし、たっぷり五分は歩き回ったところで、彼女は足を止めた。

ちょうどデスクの前だった。

歯並びの悪い口が開く。

「いるよ。こっちを見てる。女の人」

僕の口から声が出ていた。

えれんは本棚を――主に事典の類いが収まっている本棚を、じっと見ている。

冴子が訊ねた。

「『いる』というのはこの部屋にいるということ？」

「うん」

「一人？」

「うん」

「この絵の女の人？」

「どうかな、下手だから分かんない」

えれんは淡々と答える。

僕はいつの間にか拳を握り締めていた。掌《てのひら》が汗で濡れていた。

いるのか。

この部屋には普通は見えない「女の人」が本当にいるのか。

そして目の前の「心霊探偵」にだけ見えているのか。

冴子は少し考えて、訊ねた。

「この部屋にいる女の人が、市村さんを殺したの？」

答えようとしたえれんが、「あ」と声を上げた。少しだけ悔しそうな表情を浮かべる。

「……いなくなった」

小さく肩を落とす。

気づけば僕の背中は冷や汗で湿っていた。

冴子もまた少し悔しそうに天井を見つめると、

「今度はなるべく留まるように言っといて。嫌がるようならここに縛り付けて、簡単でしょ」

「あー、うん。そうする」

すん、と小さく洟《はな》を啜《すす》る。

僕の身体に纏わり付いていた緊張が徐々に解ける。冷静になる。

最初に浮かんだのは「馬鹿馬鹿しい」の六文字だった。

突然のことに肝を冷やしたが、えれんの言動は普通に考えて胡散臭《うさんくさ》い。ことごとく胡散臭い。決定的なことは何一つしていないし、言っていない。どれを取っても霊能力があることの証明になどなり得ない。

えれんは嘘を吐いているのか。あるいは〝見える〟と自分で信じ込んでいる気の毒な子かもしれない。冴子はそれを真に受けているのかも。それとも二人で共謀してインチキ商売を――

えれんは再び歩き出した。が、すぐに足を止めて言った。

「でもサエちゃん、これ絶対霊の仕業だよ」

弛んだ空気が再びピンと張り詰める。止まったと思った僕の冷や汗が、再び背筋を伝う。

冴子が訊ねた。

「それはどうして？」

「だってサエちゃん、これ密室でしょ。人間は入れないよ。中から鍵掛かってたんでしょ」

今までよりわずかに早口だった。

「えれん」

冴子が溜息《ためいき》まじりに言った。スタスタと扉に近寄り、ノブを摑む。

「密室でも何でもないの。よく見てて。こうしてボタンを押し込んでからドアを閉じると、鍵が掛かるの」

「えっ」

「やってみてごらん」

えれんは早足で冴子のもとへ向かった。ノブのボタンを押し込んで廊下に出て、ドアを閉める。

当然のことだが、鍵が掛かった。外からガチャガチャとえれんが開けようとするも、もちろん開かない。

「すごいね、サエちゃん、こんなのあるんだね」

冴子は無言で僕を見て肩を竦めた。僕はどう答えていいか分からず、歩いて行ってドアを開けてやった。

隙間から見えた瞬間の彼女の顔には、子供のような笑みが浮かんでいた。が、僕に気づくや笑みは引っ込み、元の眠そうな表情に戻った。同時にトンと一歩下がって、僕から距離を取る。

断片的に聞いた彼女の辛《つら》い人生を思い浮かべてしまい、胸を痛めているとインターホンが鳴った。驚いていると、冴子が口を開いた。

「わたしが呼びました」

「誰をです？」

「市村さんや田沢さんのお仕事に倣《なら》った言い方をするなら——容疑者の皆さんですよ」

四

　インターホンを鳴らしたのは髪の薄い、オドオドした小柄な中年男性だった。その直後に来たのはマッシュルームカットで眼鏡の若い男性だった。二人とも冴子に「報酬を払う」と言われ、指示された時刻に、タクシーでここまで来たという。迎車も移動経路の指定も支払いも、予《あらかじ》め彼女がアプリで済ませていた。

　二人を現場——書斎に招き入れると、冴子は簡単に事のあらましを説明してから、僕に訊ねた。

中年男性を手で示して、

「田沢さん、こちらの方はよくご存じですよね？」

「ええ」

「ですが改めてご紹介しましょう。磯部《いそべ》公平《こうへい》さんです。約五年前、市村佐和さんにネットで殺害予告を複数回送り付け、訴えられて敗訴した方です」

　中年男性——磯部はしょんぼりと床を見つめていた。ここへ着いてから僕はもちろん、この場の誰とも目を合わせようとしない。当然だろう。この男は市村佐和の敵なのだ。賠償金はまだ払い終わってないのだろうから。今もまだ許されているわけではない。

　見ていると少しずつ怒りが込み上げてきた。

僕の気持ちを知ってか知らずか、冴子は磯部に「その後新しい仕事は決まりましたか？」と訊ねた。

「あ、はい。まあ」

「ということは、本日はお休みをもらったということですか？」

「ええ、まあ」

磯部は縮こまりながら答えた。市村佐和が女性だからと殺害予告を送りつけたこの男も、面と向かって女性に敵意を向ける度胸はないらしい。

「それからこちらの男性は」

冴子は眼鏡の若者を手で示すと、「都内のＩＴ企業に勤めていらっしゃる、会社員の野本《のもと》健《けん》さんです。本日はお忙しいところありがとうございました」

「いえ」

若者――野本はそっけなく答えた。

磯部に比べればまだ清潔感があるが、陰気な雰囲気は似たようなものだった。いずれにしろ見覚えは全くなかった。おそらく自分とは一面識もない。冴子が訊ねた。

「田沢さんは野本さんをご存じない？」

「ええ、おそらく」

「では野方鷺《のがたさぎ》、という名前に聞き覚えは？」

「いえ……全く」

僕は正直に答えた。

途端に野本の表情が険しくなった。深々と眉間に皺を寄せ、僕を睨《にら》み付ける。冴子がわざとらしく首を傾《かし》げて、言った。

「不思議ですね。あの傑作ホラーミステリ小説『フィクショナル殺戮《さつりく》兵器』を、五年前の文光社ホラー長編小説賞に〝野方鷺〟名義で応募なさったのが、こちらの野本さんなんですよ。それを主催である編集部の方が覚えていらっしゃらないとは」

不快そうに野本が鼻を鳴らした。

僕は必死で記憶を探りながら、答えた。

「ごめんなさい、五年前ですよね。受賞作がたしか、ええと毒島《ぶすじま》コンクリさんの『鮮血ビル』の回。で、他に優秀賞が出たはずだ。そうだ、『肉ダディ』だ。作者は、作者はたしか」

市村佐和、いや――貝田雄一の記憶力を羨ましく思いながら頭を捻《ひね》っていると、

「船場吉四六さんですね。そうです、その回です」

冴子が助け船を出した。すぐに残念そうな表情を浮かべる。

「ですが悲しいことに、野本さんの『フィクショナル殺戮兵器』は一次選考で落ちてしまったようです」

「すみません。だったら僕が知らない可能性は大ですね。下読みは何人もいて、それぞれ十

編くらいを選考するんです。きっとそちらの……野本さん？　の原稿は、僕でない誰かが読んだんでしょう」

僕は混乱しながら答えた。話が要領を得ない。そっと様子をうかがうと、野本の細面は真っ赤になっていた。鼻息も荒い。明らかに怒っている。

僕が緊張しながら見守っていると、彼が口を開いた。

「……しらばっくれやがって」

刺すような視線を僕に向ける。何のことだか全く分からない。

「お前ら編集者がやったんだろ。バレバレなんだよ。ああ、出版業界は腐ってやがる」

「え？　え？　何です？」

「どっちだ？　市村佐和が言い出したのか？　それともお前ら出版社サイドか？　なあ？なあどっちだ？」

「申し訳ない、質問の意図が分からないし、そもそも何の話をしてるのか、全然――」

「しらばっくれるなっ、パクったくせにっ」

野本が忌々《いまいま》しげに吐き捨てた。

さほど大きな声ではなかったが、僕は驚いて飛び上がりそうになった。磯部に至っては「ひっ」と実際に飛び上がってさえいた。

えれんは無反応だった。

肩を怒らせている野本を涼しげな目で見下ろしながら、冴子が口を開いた。

「こちらの野本さんは、市村さんが三年前に文光社で出した『地の底からの声』が、ご自身が野方鷺名義で応募した『フィクショナル殺戮兵器』の剽窃《ひょうせつ》だ、とずっと訴えていらっしゃるんです。ご自身のSNSアカウントで、ブログで、個人サイトで」

「ひょうせ……盗作？　そんなことあるわけがない」僕はきっぱりと言った。「あれは確かに自分で、市村さんが自分で書いたものだ。僕はプロットの段階からずっと経過を見ています。だからよく分かる」

「世間的にも剽窃を指摘する声は全く上がっていません。野本さんのもの以外は」

冷徹に告げる冴子を、野本が忌々しげに睨む。

ようやく事情が見えてきた。

自分の作品が盗作された、パクられた。何の根拠もないのにそう信じ込む人間は、少ないながらも確実にいる。彼ら彼女らはほとんどがアマチュアの創作者で、大抵は「プロにパクられた」という架空の被害を訴える。そして自分の作品を盗んだ「加害者」を憎悪し、攻撃するのだ。嫉妬と劣等感から芽生えた分かりやすい被害妄想だが、もちろん当人たちにそんな自己分析などできるはずもない。

目の前で怒っている眼鏡の青年も、そうした思い込みを抱えたうちの一人らしい。

だが――

「失礼ですが、この方が〝容疑者〟というのは……」

僕の質問に、冴子は小さく頷いて答えた。

「野本さんは法に触れるようなことは何もなさっていません。ただ市村さんに呪いをかけただけです。それも古典的な丑《うし》の刻参りで。お住まいは練馬区西寿町《にしことぶきちょう》でしたね？　近くの神社でこんなものを見つけましたよ」

そう言って、手にしたものを掲げる。高さ三十センチはある、大きな藁《わら》人形だった。胸には「市村佐和」と書かれた紙が貼られ、その紙ごと五寸釘で貫かれていた。

憎悪に歪んだ野本の顔に一瞬、驚きの表情が浮かんだ。

彼が何か言おうとしたまさにその時、

「磯部さん、あなたも同様です」

冴子は唐突に、矛先をもう一人の〝容疑者〟に向けた。

「敗訴し賠償金の支払いを命じられたあなたは、原告である市村さんを逆恨みした。そして呪いをかけ続けた。ずいぶん古典的な手を使ったんですね」

と、反対の手で木片をいくつか掲げ、デスクに置く。

どれもアイスの棒くらいの長さと厚みで、曖昧に人の形に似せていた。

頭から胴体にかけて、うっすらと黒いインクか何かで文字が書いてあるが、掠《かす》れて判読できなかった。

「『急々如律令《きゅうきゅうにょりつりょう》』と書いてあるんでしょう。由緒正しい、使い勝手のいいおまじないです。あなたはこれで市村さんを呪い続けた。仕事も探さずご両親を大事にすることもせず」

「うう！」

磯部が奇妙な声を上げた。野本と同じくらい顔を真っ赤にして、血が出そうなほど唇を嚙《か》んでいた。両の拳を小刻みに上下している。人前で怒りを表明するのはこれが限界らしい。話すことも上手くできそうには見えなかった。

「すみません」僕は口を挟んだ。「尾白さん、尾白冴子さん、この急々なんとかの木の板はどこで見つけたんですか？」

「この家の裏です」冴子は答えた。「元々このおまじないは、自分の身の穢《けが》れを形代《かたしろ》に寄せて遠くに流すもの。磯部さんが聞きかじったのはその応用のようですね。要するに自分の穢れを市村さんに擦《なす》りつけようとしたんですよ」

「違う。違う違う違うっ」

磯部が苦しげに言った。恨みがましい目で冴子を睨《ね》め上げながら、「知らない……知らないっ。この家なんか知らなかった。ああ知らなかった、知らない知らない」

と、執拗に繰り返す。

「おや、不思議ですね」

冴子はわざとらしく首を傾げた。

「ではどうしてここにお越しになることができたんですか。先ほど確かめたんですが、あなたに配車したタクシー、目的地の入力を間違えてしまったのですよ。ほら、履歴が残っています。これはあなたが目的地——この場所の位置を把握していたことの証明になる」

スマートフォンの画面を見せる。

磯部の顔が赤を通り越して赤紫になった。今にも大声で喚き散らしそうな表情を浮かべていたが実行に移すことはなく、ただ全身を震わせながら冴子を睨むだけだった。

僕はおずおずと冴子に訊ねた。

「じゃあ、この磯部さんが、市村さんに呪いを？　だから彼は亡くなったってことですか」

「いいや」

答えたのは冴子ではなく野本だった。蔑むような目で磯部を一瞥すると、

「市村佐和を呪い殺した？　こんなクズが？　単なる逆恨みで？　できるわけがない。僕だ。僕の正当な怒りこそが、あいつを死に至らしめたんだ」

大真面目に言い切った。

「え……ええ？」

僕は自分の耳を疑った。磯部はやはり言い返せないのか、俯いている。

冴子が訊ねた。

「この藁人形と五寸釘はあなたがやった、とお認めになるんですね？」

「ああ。やったよ。やりましたよ。これ以外にもいろいろね」

ふん、と表情を弛める。

「何か文句があるのか？　あんた、ついさっき自分で言ってたじゃないか。この人は法に触れるようなことは何もしてないって。おまけに倫理道徳の面でも僕にやましいところは何もない。むしろやましいのは市村佐和だ。市村こそ裁かれるべき悪だった。僕の小説をパクったんだぞ。出版社とグルになってな」

自分の言葉で怒りが再燃したのか、僕を見据えて言い放つ。

「あんたも市村佐和と同じ目に遭わせてやろうか？　あのパクリ小説の担当編集者なんだろ？　僕にその力があることは現実が証明している。いや——力というより資格かな、この場合は」

寒気がした。

この青年は本気だ。本気で自分を盗作被害者だと信じていて、おまけに自分が丑の刻参りをしたから市村佐和が死んだのだ、と因果関係を導き出している。歪んでいる。芯から歪みきっている。そしてその歪んだ心が、今は僕に狙いを定めようとしている。

冷や汗が止まらなくなっていた。

後悔していた。やはり心霊探偵への依頼など、キャンセルしてしまえばよかったのだ。僕は選択肢を間違えたのだ。

「ああ、そうだ」

野本は冴子を見て言った。

「さっきまであんたにムカついてたし、ぶっ殺してやろうかと思ってたけど、今は感謝してるよ。こうして僕の呪いの効果を証明してくれたんだから」

「証明？」

冴子が怪訝な表情を浮かべた。

充分な間を取って、口を開く。

「わたしはお二人が伝統的な作法で、市村佐和さんを呪った、という事実を確認しただけです。効いたか否かは分かりません。わたしには確かめようがない」

「は？」

「ですが、それが可能な人間が一人いるのです。えれん」

冴子が静かに呼んだ。

隅でいつの間にか体育座りをしていたえれんが、ゆっくり顔を上げた。眠たげな目で僕たちを見ている。

「ここのお二人の呪いは、効いたの？」

冴子の質問に、えれんは一言で答えた。

「ううん」

はっきりと首を横に振る。

野本が「はあ？」と声を上げた。

「えれん。それは『死に至らしめるほど効果を上げることはできなかった』ということ？」

「ごめん、意味分かんない」

「『殺せなかったけど、苦しめることはできた』ってこと？」

「ううん。全然だった」

「苦しめることもできなかった？」

「うん」

「全く効かなかった？」

「うん」

大きく頷く。考え込むような仕草をして、

「悪いものを溜めただけ」

と、よく分からないことを言う。

視線はデスクの上の木片と、藁人形の方を向いていた。

冴子が質問を重ねた。

「確認だけど、こっちの磯部さんの呪いは、市村佐和さんの死と何の関係もないのね？」

「うん」

　えれんは答えた。磯部は無反応だった。

　冴子は駄目押しするかのように訊ねた。

「じゃあ、こちらの野本さんの呪いは？」

　えれんは少し黙ってから、口を開いた。

「関係ない」

「ふざけるなっ！」

　野本が怒鳴った。

　飛び上がったのは磯部だけで、冴子も、えれんも無反応だった。予想どおりと言えば予想どおりの反応だったので、僕も反応せずに済んだ。

　野本は震える指でえれんを指し、

「なん……な、何でそんな、そんなこと言い切れるんだ？　関係、関係ないだと？　お前なんかに何が分かる？」

　早口で問いかける。明らかに狼狽《うろた》えていた。冷静さを欠いていた。

「かか、か、関係ないことを証明してみろよ。証明。できないだろ、何とでも言えるからなそんなこと、おい、聞いてるのかお前」

「サエちゃん」

「無視するなっ！　聞け！　聞いてくれ！　僕の話を聞けよおっ！」

野本が再び怒鳴った。

彼の歪んだ心の、核となる部分がうっかり漏れてしまった——根拠はないがそんな気がして、ほんの少し胸が痛んだ。

えれんが不意に立ち上がった。

相変わらず眠たげな目で、野本と磯部を見る。

風もないのに、彼女の髪がふわりと靡《なび》いた。次いですぐ近くで物音がした。

「あっ」

声を上げたのは野本だった。

猛然と後ずさって、えれんから離れる。さっきまで怒りに膨れていた顔に、今は怯《おび》えの表情が浮かんでいる。

「うわっ」

次に磯部が、控えめな悲鳴を上げた。同じく後ずさろうとして足を滑らせ、派手に尻餅をつく。立ち上がろうとするが、両足は虚しく床を滑った。顔が真っ青になっていた。頬が冷や汗で光っている。

どん、と野本が本棚に背中をぶつけた。ずるずるとその場に腰を落とす。

「や、やめてくれ」

上ずった声で言う。

二人とも縋《すが》るような目で、えれんとデスクを交互に見ていた。そして、

「あああっ！」

悲鳴を上げたのは野本だった。胸を押さえて苦しんでいる。次いで磯部が苦悶の表情で頭を抱えた。呻きながら転げ回る。

気付けば生温い風が吹いていた。

服の下がじっとりと汗で濡れていた。

何が起こっているのか。二人は何を恐れ、何故苦しんでいるのか。

「えれん、こちらの田沢さんに説明してあげて。あなたが今、何をしているのかを」

縮こまる二人の男を横目に、冴子が言った。

えれんは答えた。視線は僕ではなく冴子の方に向けている。

「溜まった悪いものを、返してる」

「どこからどこに？」

「そこの人形とか木とかから、元々の――そこの二人に。飼ってる犬を、飼い主のとこに帰りやすくした、みたいな」

「ふむ、まあいいでしょう」

冴子はやれやれと言った表情で、僕を見た。これで理解しろ、という意味だろう。僕は半信半疑だったが頷いて返した。

「ゆ……許してください」

磯部が跪《ひざまず》いて言った。蠅《はえ》のように手を摺り合わせる。

「脅迫も誹謗中傷も、二度としません。枕営業で仕事取ってるとか、二股かけてるヤリマン女だとか、そんなデマも金輪際《こんりんざい》流しません。ネットに残ってるのも責任持って削除します。賠償金もすぐ支払いますっ、だから」

涙声で繰り返す。

「僕も、僕も抗議を止《や》めます」

野本も必死の形相で言う。

どちらの言葉も引っかかる部分がないではなかったが、この場で本心から言っているのは分かった。磯部は豪雨に打たれたかのように大汗をかいていたし、野本は涙を流してさえいた。

「許してください」「ごめんなさい、もうしません」「お願いします」「お願いします、どうか……どうか」

二人を冷ややかに見下ろして、冴子は悠然と答えた。

「えれんの言う悪いものは、市村佐和さんの元へ届くことなく形代に溜まり続けた。だからこそ今、えれんはお二人に悪いものをそっくり返すことができた。したがってお二人の呪いは市村さんの死とは何の関係もない——この理屈はご理解いただけますね」

「はい……はい！」

二人が答えた。繰り返したのも、間の取り方も、完全に同じだった。

「えれん」

「うん」

えれんが一度、ゆっくりと瞬きした。

瞬間、磯部と野本の顔から、表情が抜け落ちた。ぐったりとその場に横たわる。二人の荒い呼吸の音だけが、部屋に響いていた。

生温い空気はどこかへ消えていた。今の室内はむしろ涼やかで快適なほどだった。

掌に汗を感じながら、僕は考えていた。さっきまでここで起こったことを、なるべくありのまま受け入れようと試みていた。

全部嘘だ。

冴子とえれんが筋を書いた芝居だ。

そんな風に切り捨てたい気持ちは確実にあった。

僕に心霊探偵の仕事を披露するために、磯部や野本を抱き込んで行われた三文芝居。そう思う余地はいくらでもある。だが二人の狼狽えぶりや苦しむ様子は、とても演技には思えなかった。それに、もし本当に芝居なら野郎二人が七転八倒するのは明らかに「弱い」。分かりやすい「心霊現象」を作り上げた方がはるかに効果的だろう。例えば部屋にあるものを動かすとか、禍々《まがまが》しい字を浮かび上がらせるとか。そもそも芝居なら「二人の呪いに効果はなかった」と証明する意味はあまりない。

だが、彼女らは僕がこう考えるのを見越して、絶妙に曖昧な芝居を作り込んだかもしれず——

あれこれ考えた末、僕は冴子に訊ねた。

「すみません、では……どうなるんでしょう?」

ぼんやりとした質問だったが、冴子はあっさり答えた。

「調査はまだ終わっていない、ということです」

細い顎を尖った指先で撫でながら、「つまり……」と続ける。

ぶぶ、と誰かのスマートフォンが震える音が聞こえた。冴子のものだった。画面を一瞥して指先で一度触れ、耳に当てる。

「もしもし……ええ。ええ。分かりました。ありがとうございます。では。ええ」

通話を終えると、彼女は一同を見回して、言った。

「日を改めます。日程はこちらからご連絡しますね」

えれんが大きな欠伸をした。

この日の調査はここで、唐突に終わった。

帰宅した僕は、気付けば一連の出来事を、こうして小説仕立てで書き記していた。

五

どうして僕はこんな「小説」を書いているのだろう。

正直なところ、最初は自分でも分からなかった。でも今ははっきり理解している。どういうことかは続きを読んでもらえれば分かる。

冴子から連絡を受け、再び市村佐和邸に行ったのは、最初に訪れた日からちょうど二週間後の午後のことだった。冴子のボルボ２４０エステートの後部座席は相変わらず快適で、うっかり居眠りをしてしまったほどだった。彼女は気にする様子はなかったが、僕は自分の呑気な振る舞いを詫びた。

助手席のえれんは道中ずっと寝ていた。

到着した時には既に磯部公平も野本健も来ていて、玄関に突っ立って待っていた。中に入ると、僕は皆にコーヒーを淹れて振る舞った。この家のどこに何があるかはあらかた把握していた。

えれんがすっかり目を覚ました頃、冴子が口を開いた。

「市村さんは気難しい方だったようですね。各社の担当編集者さんに聞き込みをしました」

「ええ」

僕は素直に答える。

「田沢さんも些細なことで怒鳴られたりしたんですか？」

「そんなに頻繁じゃありませんでしたけど」

アイデアが思い付かなかった際、彼はしばしば不機嫌になった。だが、何より彼を苛立たせたのは――

「家の中のものの配置を、他人に変えられた時ですね。書庫の本だったり、食器や調理器具だったり」

「潔癖症だったのですか？」

「それが違うんですよ。むしろ衛生面に関してはズボラだった。何日も風呂に入らなくても平気でしたし、ずっと同じ服を着ることもザラでした。来る度にここも掃除させられましたよ」

「他社の編集者さんにも聞きました。編集者に掃除を、ねえ」

「最近じゃ珍しいけど、昔の作家にはそんなの大勢いましたよ。編集者を小間使いか何かだと見なしているような、人使いならぬ編集者使いの荒い作家はね。仕事でなけりゃ顔も見たくないタイプです」

僕は苦笑して答えた。

磯部と野本は離れたところで所在なげに佇《たたず》み、僕と冴子の話を聞いている。

えれんは前回来た時と同じく隅っこに陣取って、不味《まず》そうにマグカップのコーヒーを啜っている。

「でも、記憶力は凄かったと皆さん口を揃えて仰います」

「ええ」僕は答えた。「全部じゃない、と本人は謙遜していましたけどね。どういうわけか暗記したがっていた節がある。しかも耳で覚えるんですよ。一度盗み見して怒られたことがあるんですが、アプリだか何だかで。話題のホラー小説を朗読させて聞いていました。ぶつぶつ自分でも口にしながらね」

「そうですか」

冴子は少し考えていたが、

「田沢さん。それから磯部さん、野本さん」

と、不意に呼んだ。

三人の視線が冴子に集中する。彼女はそれを確かめるかのように全員を見回し、言った。

「これから大きな謎を一つ解きます。市村佐和さんは何故亡くなったのか、という謎です。ですがそのためにまず、三つの小さな謎を解かなければならない。こうした順序で話を進めることを予めご理解ください」

部屋の空気がピンと張り詰めた。

磯部と野本が顔を見合わせる。

「あのう」

声を上げたのは磯部の方だった。

「こういう……こういう場をわざわざ設けたってことは、ただの心不全じゃないってこと、ですか、かね」

「ええ。市村佐和さん、いえ――貝田雄一さんは殺された。その点は間違いない」

冴子はきっぱりと答えた。

緊張が更に高まる。磯部はせわしなく額の汗を拭《ぬぐ》うと、

「じゃ、じゃあ、誰か別のヤツの、のろ、呪いってこと――」

「それをこれから説明するんです」

遮るように言って、冴子は「田沢さん」と僕を呼ぶ。

「何でしょう」

「話を少し戻します。市村佐和さん――貝田雄一さんは天涯孤独だそうですね。ご本人があまり多くを語らないせいもあって、生い立ちもよく分からない。友人知人の類いも少ない」

「ええ。そうですね」

僕は頷く。

彼女は手を後ろで組み、淡々と事務的に、

「貝田さんは都会から離れたこの一軒家に一人でお住まいでした。家の中のものを移動され

ると酷く機嫌を損ねるのに、人に家の掃除をさせるのは平気でした。記憶力は抜群で書物の類いは耳から記憶した。そしてあの幽霊の絵。田沢さん、あなたが仰るところの、拙《つたな》いながらも不自然に手間暇をかけたダイイングメッセージ」

当の幽霊画が描かれたページと御神籤は、来た時にデスクの上に出しておいた。冴子の指示だった。

「これは推理というより憶測です。それも本来なら極めて慎重に為さなければならない憶測……」

冴子は眉間に深々と皺を寄せて、

「生前の貝田さんはある深刻な障害があったのではないでしょうか。ですがそれを決して周囲に悟られまいとした。むしろそれを隠すこと、誤魔化すことに心血を注ぎ、並々ならぬ努力を重ねていた。小説家という肩書きで人前に出ることすら、その一環だったのかもしれません」

「と、というと？」

僕は本心から訊ねた。

心から知りたくなった。

障害とはなんだ。深刻な障害とは。市村佐和は、いや貝田雄一は生前、そんなことは一言も口にしなかった。悩んでいる風もなかった。むしろ我儘《わがまま》で、利己的で――

「憶測ですよ、憶測」

再び前置きして、冴子は言った。

「貝田さんはディスレクシア——読字障害だったのではないか、と考えています。端的に言うと読み書きが困難な障害です。えれんと違って習っていないのではない。脳の機能に問題があって、どれだけ教わっても文字を文字として認識できないのです」

「ふ、ふざけ——」

叫ぼうとしたのは野本だったが、冴子が一睨みで黙らせる。

「そう仮定すると、彼の振る舞いその他に説明が付いてしまうのです。この家でモノの位置に拘《こだわ》ったのは、おそらくタイトルや本文を頼りに本を探せないことを隠すため。内容を音声で暗記したのも、死に際に文字を残せなかったことも。ひょっとすると幽霊の背後にある無数の×印は、遠回しの告白だったかもしれませんね。私は字が書けない、という。ですが」

クルリと僕の方を向き、

「小さな謎、一つ目。では実際に小説原稿を書いていたのは誰ですか？　SNSアカウントで告知その他を発信し、読者と交流していたのは？　これぱかりは努力でどうにもならない。貝田雄一さん以外の、同じ障害の誰かを想定しない限りは」

僕は答えられなかった。

頭の中は混乱で滅茶苦茶になっていた。

貝田が。貝田雄一が。

あの男が読み書きできないなんて。

いや、たしかに彼のメールは定型文ばかりだった。チャットのメッセージもスタンプと絵文字が基本で、えれんより文字の頻度は少なかった気がする。

アナログ人間を公言していた。

メールやチャットアプリ、ＳＮＳを嫌っているようなことも言っていた覚えがある。

あれは芝居だったのか。

小説家として一人で表に出たがったのも含めて。

苦労していたのか。僕に見えないところで悩み、苦しんでいたのか。

冴子がまた話し始めていた。

「では、その字が書けないかもしれなかった貝田さんが残したダイイングメッセージは何を伝えていたのか？　あの稚拙ながら時間を掛けたイラストは、とても記号的です。特定の誰かとも思えない。シンプルに幽霊を描いた、そう受け取ることしかできませんでした」

「え、ええ」

僕は顔中を流れる汗を拭いながら同意した。えれんも小さく頷くのが見えた。

「気になるのは一緒に捨てられていた御神籤です」

冴子は流れるような足取りでデスクに歩み寄ると、くしゃくしゃの御神籤を手にした。

「貝田さんはおそらく御神籤の内容も、一字一句暗記していたのでしょう。抽斗のどの位置にあるかも。なのでここに書かれていること──すなわちこれらのありがたいお言葉に、何か意味があると考えたい。わたしはここに注目しました」

細い指で示したのは、【待ち人】の項目だった。

「来らず。凶の籤だから当然といえば当然のお告げでしょう。何の変哲も無いとすら言える。ですがミステリの知識があれば、ここに注目したくなりませんか？　意味が変わってくると思えませんか？　ほら、有名な小説の有名な台詞《せりふ》ですよ。横溝《よこみぞ》の」

僕に訊いているらしい。おそらくえれんでは答えられないだろう。他の「容疑者」二人にも。

僕は少し考えて、口を開いた。

「ひょっとして『獄門島《ごくもんとう》』のあれですか？」

「そうです」

あくまで冷静だが、どこか楽しげに、冴子は言った。

「これも同じように読み替えてみましょう。来らず、きたらず、き足らず……」

はっ、と僕は無意識に息を呑む。

冴子は芝居がかった動作で御神籤を翳《かざ》し、もう片方の手で幽霊画を示すと、

「この絵はシンプルに『幽霊』、そしてこちらの御神籤は『き足らず』つまり『き』が足りない、という意味だとしましょう。簡単な暗号ですよ。幽霊に『き』を足せばいいんです。可能性はいろいろ考えられますが、わたしは『ゆうきれい』を採用します。最も人名らしい並びだからです」

再び僕を見据えて、

「二つ目。『ゆうきれい』とは誰ですか？」

誰も答えない。

沈黙する僕たちを一人一人見据えて、冴子が続ける。

「ちょうど二週間前、ここから少し離れた海岸で、身元不明の男性の死体が発見されました。この件は全く報道されていません。ですから皆さんはご存じないはずです。仕事柄と言っていいのかC県警に知人が何人もいるので、少しの間黙っていただくようわたしが頼んだのですが」

室内をゆっくり歩き回っている。

「死因は後頭部を激しく打ったことによるもの、だそうです。全身の打撲からは生活反応が

なく、つまり殴り殺されてから海に突き落とされた——と警察は見ているようです」

えれんが眠たげに目を擦っている。

「身元は判明しています。まだ公表されていませんが、文光社で文芸編集者をしていた、田沢隆という男性だそうです。ご家族の確認も済んで、確かに田沢隆で間違いない、と。まあ、腐敗が進んでいたのでまだ確定ではありませんが、いまDNA鑑定を進めているところで、もうすぐ確認が取れますよ」

絶句している僕の真正面で仁王立ちになると、冴子は訊ねた。

「三つ目。ではわたしに田沢隆の名刺を渡し、そう名乗ったあなたは誰ですか？」

いつの間にか、僕の鼻先にまで顔を近付けていた。

無表情に近かったが、その顔からは余裕も、確信も滲み出ていた。

ここまでか。

僕は覚悟を決めて、答えた。

「結《ゆう》城《き》嶺《れい》、と言います。それが僕の本当の名前です」

全身から緊張がずるずると、音が聞こえそうなほど一気に抜け落ちていった。

「僕は貝田雄一と、『市村佐和』という合作ペンネームで小説家をしていました。厳密には執筆担当です。貝田はアイデア担当。これで三つの小さな謎、全ての答えを出したことになる。違いますか？」

「ええ。では最後に、大きな謎の答えも出していただきましょう――貝田雄一さんを毒殺した犯人はあなたですね？　違いますか？」

「違いませんよ。どうせ裏も取ってるんですよね？」

「警察に貝田さんの遺骨を調べてもらっているところです。結果は後ほど」

「あの毒は骨に残るはずです」

「認めていいんですか？　はっきり言って否認する余地はいくらでもあります。わたしの推理も稚拙です。貝田さんの絵と同じくらいに」

「いいんです。認めます」

僕は晴れやかな気持ちで答えた。

そう。いいのだ。これで。全てにおいてその場しのぎで、泥縄で、後手後手に回ってしまう僕が、こうなるのは当然のことだ。今の今まで隠せていたことが奇跡なのだ。

「え、毒……？」

磯部が呆気に取られた顔でつぶやいた。鯉《こい》のように口をぱくぱくさせているが、言葉が出てこない。

彼に助け船を出すかのように、野本が訊ねた。

「呪いじゃなくて、普通に？　人間が、そこの田沢……じゃない、結城って人がやった？　でもあんたら、心霊探偵って」

「ままあることです。私どもの事務所に持ち込まれた案件が、いわゆる心霊とは何の関係もなかった、と発覚するケースは」

冴子がどこかつまらなそうに答えた。

「えれんの能力も万能ではありません。だから事件と無関係の霊的存在を感知してしまうこともある。結果的に調査を混乱させることも」

えれんは我関せずといった顔でコーヒーを飲んでいた。

呆然とする磯部と野本を横目に、僕は訊ねた。

「説明をした方がいいでしょうね。動機ってやつです」

「ええ。是非」と冴子。

「ここで書いてもいいですか。文章の方が伝わると思います」

「遺書でなければ」

「もちろん、法の裁きは受けますよ」

僕は言って、持参したノートパソコンをデスクに置いた。そしてこの「小説」の続きに取りかかった。

六

動機について、どこからどう書けばいいだろうか。素直に最初の最初から、時系列順にありのままを書くことにしよう。工夫らしい工夫は何もないが、正直なところそれ以外に思い付かない。

僕の名前は結城嶺。

「市村佐和」の執筆担当で、アイデア担当だった貝田雄一の一歳下だ。

貝田は友人の友人で、二〇一一年の春に飲み会で知り合った。当時の彼はフリーター、僕は会社員で、ホラー好き同士すぐさま意気投合した。もっとも、彼は映像専門で、僕は主に小説だった。互いのお気に入りを貸し借りし合うこともあった。この辺りも今思えば、色々と腑に落ちることがあるが、長くなるので割愛しよう。要するに、当時の貝田の振る舞いや発言に、「読み書きができない」ことを隠す意図があったのでは、と憶測してしまうのだ。

ついでに言うと、当時から彼は自宅のDVDの棚を他人に触られると癇癪《かんしゃく》を起こしていた。

彼は短気なくせに妙な人懐っこさがあり、人を引きつける一種のカリスマ性も持っていた。そしてホラーのアイデアを数え切れないほど持っていた。どこに発表するわけでもないのに、考えるのが好きだと言っていた。僕はそんな彼に惹《ひ》かれた。人間的な魅力を感じた。互いに身寄りがないこともあったのかもしれない。

貝田のアイデアを元に、僕が小説を執筆するようになったのは、その年の十一月頃だった。思ったよりずっと大変で、でも楽しくて、すぐ二編目を書くことにした。

二〇一四年に入ったところで、僕たちは長編に挑戦することになった。それが『ずんばらどぐれがやって来る』だ。初めて長編を書き終えた時、凄《すさ》まじい疲労とともに、それまで感じたことのない達成感に浸ったのを覚えている。貝田の様々なアイデアを、文字として小説として、理想の形に出力できたんじゃないか——そんな驕《おご》りにも似た満足感もあった。

Jホラー小説新人賞への応募は貝田の提案だった。

少しだけ手直しして僕がプリントし、郵便局に持って行った。

その後のことは説明するまでもないだろう。

僕たちの小説は広く読まれた。僕たちは当初、覆面作家「市村佐和」として、次から次へと小説を考えては書く日々を送った。幸いにも作家稼業は早々に軌道に乗り、僕も貝田も、それまでの退屈で薄給の仕事を辞めることができた。デビューした出版社MARUKAWAや、初めて短編集を出した文光社など、ごく一部の編集者にだけは二人の合作であることを伝え、貝田と僕の二人で会うこともあったが、ほとんどの関係者とは直接顔を合わせることはせず、遣り取りはメールだけで済ませた。

作家生活は楽しかった。

初めて二人で短編を書いた、その時の喜び、高揚感を維持したまま、僕たちは「市村佐和」を続けることができた。

貝田が一人で世に出るようになるまでは。


言い出したのは貝田の方だった。

「結城は人前に出るのが苦手だろう。そんな面倒ごとは全部オレが被ってやる。覆面だと名前で女と間違えられて、舐められるしな」

そんなことを言っていた。僕はその提案を快く受け入れた。デビューして三年近く経った、二〇一八年六月のことだった。

翌月に貝田が顔を出した途端、それまで馴《な》れ馴れしい文面のメールを送っていた男性の担当編集者たちが、全員敬語で連絡してくるようになった。パーティで貝田は「なんだ、男か」と、大御所作家に吐き捨てられたこともあるらしい。特に期待はしていなかったが、出版界もそれ以外と同程度に古くさくて、くだらないのだ。

僕は執筆とＳＮＳ担当になった。完全な裏方だ。それまでと変わらないと言えば変わらないが、理想的な分担だと思った。

だが、貝田は次第にイライラするようになった。以前ほどアイデアが出なくなったのだ。僕の原稿に駄目出しすることも増えた。暴力を振るわれたことも一度や二度ではない。

僕は不満を抱えるようになったが、彼はもっと不満だっただろう。人前で小説家という「文筆業者」として振る舞いたい気持ちと、その難しさの板挟みになっていたのだから。冴子の言うとおり憶測にすぎないのに、彼の苦悩を思うと胸が痛む。事前に分かっていれば、彼を殺すこともなかったかもしれない。

だが、僕は貝田雄一を殺した。

二〇二三年六月十一日。

朝からここに来て、家中の掃除を終えた僕は、ふと思い付いて、彼にホラーのアイデアをいくつか話した。今となっては一つも思い出せないが、どれも手応えを感じていたものだった。

だが。

僕が話し終わるや、貝田はおかしそうに言った。

「お前は一生書くことだけやってろよ、結城。そんなクソみたいなアイデア、よくオレに話そうと思ったな？　ＡＩの方がまだマシなこと言うぞ？」

こうして文章にすると、そこまで腹を立てるほどでもなかった気がする。だが、その時の僕は腹が立った。どうかというほど腸《はらわた》が煮えくり返った。

だから僕は彼に毒を盛った。貝田が資料として密かに購入していた、無味無臭の粉末状の猛毒だ。ちょうど彼がコーヒーを飲みたいと言ったので、その時に彼のマグカップに注ぎ入れた。

彼が苦しみ出したのを見て、僕はマグカップを手に書斎を出て、鍵をかけた。鍵のかけ方は前に冴子がえれんに説明したとおりの、ごく一般的なものだ。

急いで帰り支度をして、この家を出ようとした途端、来客があった。

本物の田沢隆だった。

僕は咄嗟の判断で彼に応対し、彼とともに貝田の部屋へ向かった。ノックして返事がないことを、鍵がかかっていることを確かめ、「どうした貝田？」などと芝居をして鍵を開け、田沢とともに部屋に飛び込んだ。そしてデスクの側で事切れている貝田を発見した。通報したのは田沢だった。警察が駆けつけるまでの間に、僕はマグカップと毒をこっそり海に捨てた。

翌々日、警察は貝田の死を心不全だと結論付けた。僕はほっと胸を撫で下ろしたが、田沢は納得していなかったらしい。

更に二日後、彼は僕をこの家に招き、貝田の死について、あれこれ僕に質問した。僕は必死で取り繕ったが、向こうが不審に思っているのは明らかだった。ばれるのも時間の問題だと思った。

隙を突いて、僕は田沢を背後から殴り殺した。凶器は資料として用意した金属バットだが、廃棄処分したので今はもうない。彼の死体は崖から海に落とした。

彼のスマートフォンを処分しようとした時、着信があった。出ないでいると留守電になった。

「尾白冴子」を名乗る女性からの伝言だった。

自分は「心霊探偵」の事務所の人間で、田沢の依頼を承ったので、指定の日時に指定の場所に来てくれ、という内容だった。

現実的な解決ができず困った田沢は、心霊探偵なる胡散臭い連中に相談していたのだ。

無視する、という選択肢も当然あった。

だが、そんな些細なことがきっかけで、全てが発覚するかもしれない、と不安になった。理性的な判断とは言い難い。強迫観念としか言いようがない。

迷った末に、僕は冴子の提案どおり、二〇二三年七月十一日に、彼女の事務所に足を運んだ。そこから先がどうなったかは、ここまでお読みの方ならお分かりだろう。

何から何まで、馬鹿げた選択だった。その場しのぎの積み重ねでしかなかった。だが、僕はずっとそうして来たのだ。僕らしいといえば僕らしい。

貝田の言ったとおり、やはり僕は執筆だけしていればよかったのかもしれない。いや、きっとそうだ。

この「小説」は、僕が最初から最後まで自力で書いた、初めてのホラーミステリだ。出来の悪さは自覚している。でも、これが精一杯だ。

すまない、貝田。

僕が悪かった。

殺しておいて最低な言い草だが、言わせてくれ。

陳腐な寝言だが書かせてくれ。

二人で楽しく一つの小説を書いていた、あの頃に戻りたい。


ここまで書いて、僕は冴子を呼んだ。

「できました。さあ、いつでも通報してください」

「ええ」

彼女がスマートフォンで警察に連絡している間、僕は不思議と心地よい疲労感に浸っていた。

これでいい。

これが、ぼくのできる全てだ。拙いけれど後悔はなかった。この小説が世に出るか分からないが、書く意義は確実に存在した。

視界の隅で何かが動いた。

目を向けると、えれんが突っ立っていた。心ここにあらずといった表情で、ゆっくり歩き出す。デスクに——こちらに近付いてくる。

僕は妙な緊張感を覚えながらキーを叩いて、この文章を打ち込んでいる。

えれんがデスクのすぐ側で足を止めた。

視線は壁の方を向いている。

やや厚い唇が開き、乱杭歯《らんぐいば》が覗いた。

「そうなんだ。ふうん」

「え?」

「じゃあ、やる? ……うん。別に」

僕に言っているのではないらしかった。彼女の視線は本棚に突き刺さっている。

「えれん、どうしたの」

冴子が訊いた。えれんは小さく頭《かぶり》を振って、答えた。

「違うらしいよ」

「え?」

「サエちゃんの言ってたこと、全然違うみたい。そこの女の人が言ってる」

「どういうこと?」

冴子の顔が歪んだ。

磯部も、野本もえれんを凝視している。

「この人が今書いてるのも、違う」

「え……？」

僕は思わず言った。心臓が早鐘を打っていた。

えれんが僕を見下ろしていた。

どんよりとした冷たい目だった。

僕が驚いていると、彼女は両手をパタパタと縦に仰いだ。「退《ど》け」ということらしい。

「えっと、どういう……」

「どいて。書くから」

彼女は言った。失礼な言い方だったが、初めて僕に向けて話している。

僕は慌てて席を譲った。

※　※

結城嶺に席を譲られ、結城嶺のノートパソコンで、わたしが見えてわたしと話せる、えれんという優しい女の子の手を借りて、この原稿を書いている。

そこの冴子という女性がさっき、貝田殺しの推理を披露していたが、大きな見落としがいくつかあった。

一つ。幽霊の絵と御神籤が、クシャクシャに丸められてゴミ箱に捨てられていたのは何故か？

一つ。えれんが初めてこの家にやって来た時に見た「女の人」とは何だったのか？　本当に冴子の言うとおり「事件と無関係な霊的存在」なのか？

一つ。貝田が表舞台に出るようになって、刊行ペースが落ちたのは何故か？

また、結城嶺が最後に記した箇所には、事実と異なる点がある。というより嘘ばかり書かれている。彼は何故、貝田雄一に言われるがまま裏方に徹してきたのか？　貝田雄一を殺害した動機は本当に彼の言うとおりだろうか？

わたしなら真相を語れる。えれんの力を借りて、こうして書き記すことができる。

まずは冴子の見落としから話を始めよう。

結論から言って、貝田雄一が死んだのは、結城嶺が盛った毒のせいではない。

わたしだ。

間接的ではあるが、死者であるわたしが死に至らしめたのだ。

「市村佐和」のもう一人のメンバーであるわたしが。

真相について、どこから書けばいいだろうか。

結城嶺に倣って、素直に最初の最初から、時系列順にありのままを書くことにしよう。エ夫らしい工夫は何もないが、それが最善だ。彼の言う「ありのまま」がいかに出鱈目《でたらめ》かも、この先を読めば分かるだろう。

貝田と結城とは二〇一一年の春、友人の友人の飲み会で知り合った。三人ともホラーが好きで意気投合した。貝田は特に映像を、結城は小説を。そしてわたしは両方を好んだ。

戯れに合作した経緯は、結城の記述とほぼ同じだ。異なるのは、実際は彼ら二人は適当な思い付きを語るだけで、アイデアにして煮詰め、執筆するのはわたしだという点だ。苦ではなかった。嫌でもなかった。

彼らはホラーを本当に愛好していた。わたしはその気持ちをすくい取って、形にしていくのが楽しかった。それに二人とも、わたしが書くものを褒めてくれた。どちらもわたしと同じくらい日陰者で、孤独で、だから性別や境遇は違えど、共鳴するところがあったのだろう。

初めて書き上げた長編を公募に送りたいと言ったのはわたしだったが、実際に送ったのは結城だった。受賞の連絡は当然、彼のところへ行った。

「アイデアは貝田、窓口は僕。そして執筆はお前。そういう分担で行こう。印税は三等分だ」

結城の提案に不満がないではなかったが、小説が商売になるなどとは微塵《みじん》も思っていなかったわたしは、それに応じた。

『ずんばらどくれがやって来る』が発売されてすぐ、各社から執筆依頼が次々と結城のところへ舞い込んだ。

わたしたちは覆面作家として依頼を受けることにした。窓口は引き続き結城だった。

この時は知らなかったが、デビューした出版社MARUKAWAと、初めての短編集を出した文光社の編集者に、貝田と結城は「二人組の作家」と偽りの自己紹介をしていたらしい。二人で編集者と会うこともしていたという。わたしは何も知らされていなかったが全く気付かず、訝りもせず書き続けていた。ただ自分の書いたものが広く読まれるのが嬉しくて、無邪気に呑気に依頼に応えていた。

二〇一八年六月十一日のことだ。

結城に呼び出され、わたしは彼の家を訪れた。貝田が相談したいことがあるという。

三人揃ってすぐ、貝田が言った。

「お前ら二人は人前に出るのが苦手だろう。そんな面倒ごとは全部オレが被ってやる。作者が男だって言っとけば、舐めてかかってくるヤツも減るだろうしな」

自分一人が「市村佐和」として表に出たい。いや――お前らの為に自分一人で出てやる。恩着せがましさを隠しもしない相談、いや――宣言だった。冴子の推理を聞いた今なら、そうまでして「一人の作家」として振る舞いたかった彼に、同情の気持ちはないでもないが。

結城は「部分的には賛成だ」と答えた。自分が表に出なくて済むという意味では賛成だが、最も負担が大きいわたしを「いないもの」にするのはおかしい、と。

わたしは反対だった。単純に事実と異なるからだ。嘘を商売にする小説家でも、プロフィールに嘘があるのはよろしくない。絶対にどこかで破綻する。そう抗議したが貝田は頑として譲らなかった。話の中で二人が編集者に「二人組の作家」として会っていることを知り、わたしは次第に感情的になった。

バラしてやる。

MARUKAWAや文光社の編集者に、何から何まで。

そんなことを言った記憶がある。

言い争っているうちに、わたしは貝田と揉《も》み合いになった。結城が割って入って、わたしたちを引き離した。結果的にわたしを突き飛ばす形になった。

わたしはテーブルの角に頭をぶつけた。

凄まじい衝撃だった。一瞬で何も分からなくなった。そして二度と、生きて目覚めることはなかった。

こうして、わたしは死んだ。

過失致死だった。

状況から考えてそうだろう。結城がわたしを殺したのは、わざとではない。少なくともわたしはそう認識している。

だが、結城はショックを受けた。意図的ではないとはいえ、自分が人を殺してしまった事実に打ちひしがれ、絶望した。混乱した。

貝田はそこにつけ込んだ。シンプルに結城を脅し、わたしを殺したことをバラされたくなければ自分の言うとおりにしろ、と命じた。そして結城はあっさりと、貝田に支配されるようになった。

二人でわたしの死体を隠した。わたしと関わっていた証拠になりそうなものを、徹底的に捨て去った。わたしが天涯孤独だったせいもあって、彼らの工作は全て上手くいった。殺されてから今に至るまで、わたしはずっと行方不明のままだ。

こうして、市村佐和は貝田と結城、二人で一組の作家になった。

だが、それもすぐさま行き詰まった。創作の大部分を担っていたわたしがいなくなったのだから、当然だろう。編集者の力を借りて何とか数冊は書き上げたが、それが二人の限界だったらしい。新刊が出なくなって三年経つ。

貝田はその苛立ちを結城にぶつけるようになった。言葉による暴力は日常茶飯事で、手が出ることも何度かあった。わたしを殺したことをバラされたくない結城はずっと耐えていたが、それもあの日までのことだった。

二〇二三年六月十一日。

結城は朝からここに呼び出され、掃除や洗濯をしていた。貝田が結城に家事全般をやらせるのは、双方にとって当たり前のことになっていた。

家事が終わると、結城と貝田は打ち合わせを始めた。中身も前進もない話し合いは何時間も続き、空気は最悪なものになっていた。疲れ果てた結城に、貝田がこう言い放った。

「もうバラしちまおうかな。お前が人を殺したってことをよ」

貝田も貝田で疲れ果てていたのだろう。本気で脅したのではなく、悪趣味な軽口を叩いたつもりだったのだろう。

だが、結城にはもう、そう受け流す余裕はなくなっていたらしい。

コーヒーを入れてくる、と言って、彼は書斎を出た。戻ってきた彼は貝田にマグカップを渡した。貝田は無言でそれを受け取って、少しずつ飲んだ。苦しみ始めたのは、飲み始めてから三分ほど経った頃だろうか。結城は胸を押さえて呻く貝田を満足げに眺めて、マグカップを手に書斎を出た。

わたしが見ていると、貝田は苦痛に喘《あえ》ぎながらノートとペンを引っ張り出して、幽霊の絵を描き始めた。時間をかけて、執拗に、力一杯線を引いていた。余白を×印で埋めていた。

そしてデスクの抽斗から「凶」の御神籤を取り出した。

「ゆうき、れい」

デスクに突っ伏した彼が、苦しい息の間でそうつぶやいたのを、わたしは確かに聞いた。

この点において、冴子の推理は当たっている。彼女の推理そのものは精緻《せいち》とは言い難いが、これらがダイイングメッセージであり、その意図が犯人――結城嶺を名指しするものであったのは、事実と見ていいだろう。

だが。

しばらくすると、貝田の呼吸は徐々に落ち着いていった。表情も穏やかなものになった。

どうやら毒が致死量に満たなかったらしい。結城は貝田を殺し損なったのだ。

貝田は怒りの形相で身体を起こし、幽霊を描いたページを千切り取ると、御神籤と一緒にクシャクシャに丸め、乱暴にゴミ箱に捨てた。勢いに任せて立ち上がり、歩き出した。

そして、わたしを見た。

彼がもう少しで死ぬところだったから、だろうか。

それともわたしが、彼の死を望んでいたからだろうか。

今となっては知る由もないが、その時の貝田には、確実にわたしが見えていた。

彼は恐怖の――凄まじい恐怖の表情を浮かべた。

これ以上ないほど目を剝《む》き、口元を引き攣《つ》らせていた。頰は真っ青を通り越して灰色になっていた。そして。

彼はデスクの側に倒れた。

ううむ、と呻き声を上げていたが、ほどなくして黙った。息が止まり、鼓動も聞こえなくなっていた。

ドアの向こうから結城と、田沢の声がしていた。


そこから先に起こったのは、概ね結城の記述どおりだ。

事実と異なるのは、この期に及んで、わたしの存在とその死を隠している点。それに伴い、貝田との関係性も、貝田を殺した動機も変えてある。貝田殺しで逮捕され、取り調べが進めば、きっと早々に嘘だとバレていただろう。それなのに。

〈何から何まで、馬鹿げた選択だった。その場しのぎの積み重ねでしかなかった。だが、僕はずっとそうして来たのだ。僕らしいといえば僕らしい〉

結城による自己分析は正しい。だがこんな状況でも嘘を重ねるのは見苦しい。いや――耐えがたい。何故ならアンフェアだからだ。冒頭で「フェアに書くことだけは約束しよう」と宣言したくせに。

だからわたしはこうして、えれんの手を借りることにした。

真相を告発するために。

そしてこの原稿をフェアなものにするために。

だが、そろそろ時間らしい。

わたしの死体は、結城の自宅の床下に埋められている。

この小説はわたしの最後のホラーミステリだ。


えれんがタイプする文章を読むうちに、僕の心は絶望で埋め尽くされた。

書き終えたえれんは席を立って、再び部屋の隅に戻った。疲れたのかその場に座り込み、俯いてしまう。やがてスウスウと寝息が聞こえ始めた。磯部も野本も真っ青な顔で、彼女を見ていた。

「何か……書き残すことはありますか？　警察とともに、あなたのご自宅に向かう前に」

二人と同じくらい蒼白になった冴子に訊かれ、僕は頷いた。

そして椅子に座り、ガタガタと震える指で、この小説を書き終えた。

この作品は光文社文庫のために書下ろされました。

光文社文庫

文庫書下ろし

Jミステリー2024　SPRING

編　者　光文社《こうぶんしゃ》文庫《ぶんこ》編集部《へんしゅうぶ》

2024年4月20日　初版1刷発行

発行者　三　宅　貴　久
印　刷　萩　原　印　刷
製　本　ナショナル製本

発行所　株式会社　光　文　社
〒112-8011　東京都文京区音羽1-16-6
電話（03）5395-8147　編　集　部
8116　書籍販売部
8125　制　作　部

ISBN978-4-334-10282-1　Printed in Japan

組版　萩原印刷